文春文庫

Black Box

伊藤詩織

文藝春秋

はじめに

二〇一七年五月二十九日、私は司法記者クラブで記者会見を開いた。私が被害を受けたレイプ事件が検察の判断によって不起訴処分となったため、検察審査会に申し立てしたことを報告する会見だった。

被害にあってから、実に二年以上の月日が経っていた。

会見で初めて、この件について知ったという人が多かったかもしれない。しかしこの二年間、私は警察や弁護士事務所、報道関係者の前で、何度同じ話を繰り返したことだろうか。

当時、国会には強姦罪を含む刑法改正案が提出されていた。強姦罪を問う刑法は、明治時代に制定されてから、なんと百十年間も大きな改正をされずにきた。親告罪、つまり被害に遭った人が告訴しない限りは罪に問えないことも含め、旧態依然とした法律だった。

審議が後回しになっていたこともあり、私は「今国会で法改正が成立しないのではないか」と感じていた。

そして、法改正のみならず、性犯罪被害者に対する捜査のあり方、社会の受け入れ態勢など、改善していかなければいけないことが他にもたくさんあった。

それも、自分の声で伝えなければいけなかった。

誰かが話してくれるのを待っていたら、いつまでも変わらない。そのことに、私は気づき始めていた。

顔と名前を出して、やっと本当に言いたかったことを、聞き届けてもらえた瞬間だったのだ。

そして、二〇一七年九月二十二日、検察審査会の議決が出された。

「不起訴相当」。

検察の判断に間違いはなかった、という結論になったのだ。

検察審査会の判断の根拠になった「事実」とはなんだろうか。

担当検事からは、これは密室の出来事であり、「ブラックボックス」だ、と言われた。

これまでの月日、私は当事者としてジャーナリストとして、この「ブラックボックス」にいかに光を当てるか、そのことに集中してきた。

しかし、箱を開こうとすればするほど、日本の捜査や司法のシステムの中に、新たなブラックボックスを見つけることになったのだ。

あの日起きたこと——私自身の体験、相手方の山口敬之氏の言葉、捜査、取材で明らかになった事実については、これから本書を読んで頂きたい。みなさんがどう考えるかはわからない。

それでも、今の司法システムがこの事件を裁くことができないならば、ここに事件の経緯を明らかにし、広く社会で議論することこそが、世の中のためになると信じる。それが、私がこの本をいま刊行する、もっとも大きな理由だ。

レイプという言葉を聞いて人が思い浮かべるのは、おそらく見知らぬ人から突然夜道で襲われるような事件ではないだろうか。

しかし、内閣府男女共同参画局の二〇一四年度の調査によれば、実際に全く知らない人から無理やり性交されたというケースは11・1パーセント（二〇二〇年度の調査では12・0＝男女含む。二〇一四年の調査対象は女性のみ）。多くは顔見知りから被害を受けるケースなのだ。警察に相談に行く被害者は全体の4・3パーセント（同5・6）にしか及ばない。警察庁による犯罪被害類型別調査によれば、性的な被害を受けた人が警察に通報する比率は、加害者との面識がある場合は、ない場合の約半数（二〇一七年度）。

顔見知りの相手から被害を受けた場合は、警察に行くことすら難しいことがわかる。そしてもし犯行時、被害者に意識がなかったら、今の日本の法制度では、事件を起訴するには高いハードルがある。

私のケースがそうだったように。

この本を手に取ってくださった方はいま、私について何を知っているだろう？　強姦被害に遭った女性、会見をする勇気ある女性、レイプの話をするというのに、シャツのボタンを開けて登場した人。

会見後、メディアに取り上げられる「詩織さん」を、誰か私の知らない人を見るような感覚で見ていた。

私と同じ顔をしている私の知らない「詩織さん」が、インターネット上で様々な情報と共に存在していた。北朝鮮のスパイ、大阪大学出身、SM嬢、政治的な関わり、など、私とは無関係の初耳情報が、私の姿と共に存在していた。守りたかった家族や友人についても、恐ろしいほど詮索されていた。会見から一ヶ月もすると、今度は、

「詩織さんが消えた」

「詩織さんはどこに行ったの」

と、周囲の人が言っているると、友人から聞いた。

私は、会見前と変わらない生活をしていた。どこにも行っていないし、消えてもいない。

生きていると、本当にいろいろなことがある。想像もしていなかったこと、テレビの中の話、遠い誰かの身に起こった話だと思っていたようなことが。

私は、ジャーナリストを志した。アメリカの大学でジャーナリズムと写真を学び、二〇一五年の帰国後は、ロイターのインターンとして働き始めた。そんな矢先、人生を変えられるような出来事があったのだ。

これまでおよそ六十ヶ国の国々を歩き、コロンビアのゲリラやペルーのコカイン・ジャングルを取材したこともある。こうした話を人にすると、「ずいぶん危ない目に遭ったでしょう」と訊かれる。

しかし、こうした辺境の国々での滞在や取材で、実際に危険な目に遭ったことはなかった。私の身に本当の危険が降りかかってきたのは、アジアの中でも安全な国として名高い母国、日本でだった。そして、その後に起こった出来事は、私をさらに打ちのめした。病院も、ホットラインも警察も、私を救ってくれる場所にはならなかった。

自分がこのような社会で何も知らずに生きてきたことに、私は心底驚いた。

性暴力は、誰にも経験して欲しくない恐怖と痛みを人にもたらす。そしてそれは長い間、その人を苦しめる。

なぜ、私がレイプされたのか？　そこに明確な答えはない。私は何度も自分を責めた。ただ、これは起こったことなのだ。残念ながら、起こったことは誰にも変えることができない。

しかし、その経験は無駄ではなかったと思いたい。私も、自分の身に起きて初めて、この苦しみを知ったのだ。この想像もしていなかった出来事に対し、どう対処すればいいのか、最初はまったくわからなかった。

しかし、今なら何が必要なのかわかる。そしてこれを実現するには、性暴力に関する社会的、法的システムを、同時に変えなければいけない。そのためにはまず第一に、被害についてオープンに話せる社会にしたい。私自身のため、そして大好きな妹や友人、将来の子ども、そのほか顔も名前も知らない大勢の人たちのために。

私自身が恥や怒りを持っていたら、何も変えることはできないだろう。だから、この本には率直に、何を考え、何を変えなければならないかを、書き記したいと思う。

繰り返すが、私が本当に話したいのは、「起こったこと」そのものではない。「どう起こらないようにするか」

「起こってしまった場合、どうしたら助けを得ることができるのか」という未来の話である。それを話すために、あえて「過去に起こったこと」を話しているだけなのだ。

この本を読んで、あなたにも想像してほしい。いつ、どこで、私に起こったことが、あなたに、あるいはあなたの大切な人に降りかかってくるか、誰にも予測はできないのだ。

なお、二〇一七年の刑法改正で、「強姦罪」「準強姦罪」という罪名はそれぞれ、「強制性交等罪」「準強制性交等罪」という名称に変更された。内容の大きな違いは、旧法では女性のみが対象の犯罪だったが、改正法では男性に対する行為も含まれること、「性交」の定義が広くなり、肛門や口腔に対する行為も対象になったことなどだ。

改正刑法については後に触れるが、本書では事件当時の名称であり、また現時点においても、まだ一般的な「強姦罪」という言葉を使う。

それから、本書は私の経験に沿って書かれている。性暴力についても触れるので、フラッシュバックやPTSD（心的外傷後ストレス障害）を懸念される方は、どうぞ体調を優先して頂きたい。

カバー写真　渞　忠之

単行本　二〇一七年十月　文藝春秋刊

Black Box

目次

はじめに　3

第1章　あの日まで　21

山口氏とニューヨークで出会う
生い立ち
姉という新しい役割
「レールの上の人生」が終わった
「そこに血を残しなさい」
ニューヨークで学ぶと決心する
すべての努力はジャーナリストになるために

第2章　あの日、私は一度殺された　41

帰国してロイターで働く
履歴書とビザ
四月三日金曜日

激しい痛みで目覚める
「殺される」と思った瞬間
「パンツくらいお土産にさせてよ」

第3章　混乱と衝撃

何事もなかったかのようにかかった電話
検査や相談の窓口がない
会食と膝の痛み
何のためのジャーナリストか
原宿署へ出かける
「よくある話だし、難しいですよ」
怒りに使うエネルギーはない
ホテル入口の映像
「職権を使ってあなたを口説いたり言い寄ったりしましたか？」
「何時何分か言えますか？」
山口氏の左遷で、「行けるかもしれない」
被害届と告訴状の提出

第4章　攻防　103

山口氏はどこに
聞きたくなかった声
警察は出国の有無も捜査していないのか?
「私はそういう病気なんです」
鮨屋の不可解な証言
タクシー運転手の証言
「再現」の屈辱
「成田空港で逮捕する」
衝撃の電話

第5章　不起訴　141

捜査一課の要領を得ない説明
警察で示談の弁護士を斡旋される
警察車両で弁護士事務所へ

山口氏と顔を合わせる恐怖
心強い味方の登場
書類送検と不起訴確定

第6章　「準強姦罪」　167

レイプ発生率世界一はスウェーデン？
「合意の壁」
拒否できなくなる「擬死」状態
デートレイプドラッグを使った事件
日本の報告例
「合意の壁」を崩したケース

第7章　挑戦　189

清水潔さんの本を読む

マスコミの冷たい反応
メアリー・F・カルバートの写真
検察審査会への申し立て
再びタクシー運転手の証言
「警視庁の捜査報告書」への疑問
会見を思い立つ
「週刊新潮」の取材を受ける
「私が決裁した」

第8章　伝える

「被害者A」ではなく
沈黙は平穏をもたらさない
簡単には運ばなかった会見
シャットダウンはしない
私が誰であろうと事実は変わらない
覚悟して信じる

知らぬ間に支配されていた恐怖
一度しか着なかった水着
「被害者が着る服」なんかない
怒りの感情が湧かない
中村格氏に聞きたいこと

あとがき　252
文庫版あとがき　257
民事裁判判決を受けて　262
解説　武田砂鉄　264

Black Box

今日まで支えてくれたすべての人に、感謝をこめて。

第1章　あの日まで

二〇一三年九月、私はニューヨークにいた。大学でジャーナリズムと写真を学んでいた。学費の支払いに追われ、生活は常に厳しいものであった。反対を押し切っての渡米だったので、親からの援助はほとんど受けていなかった。

そこで、翻訳、ベビーシッターとピアノバーでのバイトをしていた。バーの方は帰りが深夜になるため、当時一緒に住んでいたパートナーは心配し、頻繁には出勤できなかった。しかし、ベビーシッターに比べれば、こちらの方が時給はずっと高かった。

山口氏とニューヨークで出会う

そこは、ニューヨークを訪れる様々な職種の人たちの話が聴けるし、働いている人にもそれぞれ夢があり、楽しい職場だった。

私が山口敬之氏に初めて会ったのは、その店だった。

お客さんとの会話で、私はいつも「ジャーナリズムの勉強をしている」とオープンに話していた。その日、私がいつものようにそう話すと、飲んでいた一人が山口氏を指さ

し、

「この人はTBSのワシントン支局長だよ」

と言った。山口氏は気さくに、

「自分もジャーナリストだから、君みたいに夢を持っている人に会うのは嬉しいね」

と言った。私自身、長い間の夢であったジャーナリストと出会え、その場の話は盛り上がった。その時私はすでに、翌年の卒業直前にインターンシップを体験し、ニュースの現場で働きたいと考えていた。先輩から話を聞けることが、とても嬉しかった。

インターンシップとは、大学在籍中の学生などが、企業で体験的に働く制度のことだ。

山口氏が名刺をくれ、「機会があったらニューヨーク支局を案内するから、ぜひメールを下さい」と言ってくれた。

その日はそこで話は終わった。

再会の時は意外と早くやってきた。まだ秋が終わらないうちに、ニューヨークを訪れた山口氏から連絡があったのだ。

「TBSのニューヨーク支局長とお昼を食べているんだけど、来ない？」

という誘いだった。学校の授業も丁度終わったところだった。喜んで、と二人のいる日本料理屋に行くと、二人はもう食べ終わるところだった。

私はすぐに出てくるデザートだけオーダーし、自己紹介を済ませた。その後、山口氏自身は用があるということで、TBSのニューヨーク支局まで一緒に行き、支局の人たちに挨拶すると立ち去った。それから私は支局長に内部を案内してもらった。

ほどなくして私は、ニューヨークでそのまま学業を続けるのが厳しい状態になった。バイトは掛け持ちしていたが生活は苦しく、給付される奨学金は、学費を全てカバーできる金額ではなかった。そこに生活費も加わり、学校を卒業する予定の年には貯金も底をついてしまった。そこで学費、生活費が比較的安いヨーロッパの大学で、一学期分の単位を取ることにした。

私の取らなければならないクラスなどを考慮した結果、イタリア、フィレンツェの大学で半年間学べることがわかった。そこでなら、学業を続けながら生活することができそうだった。同棲していたパートナーを説得するのは大変だったが、渋々納得してくれた。

私にとっては、この勉強を続けることは、他のすべてに優先した。

小学生の時に書いた作文には、サバンナで動物の研究をしながら、ニュースに関わる仕事をすると書いていた。動物の研究はさておき、世界のどこかで情報に関わる仕事をするというのは、昔からの夢であった。私の知らない外の世界を想像することは、いつも刺激的であった。

生い立ち

私は、ベルリンの壁が崩壊した年、平成元年に地方出身の両親の第一子として生まれた。そして、郊外のベッドタウンで育った。小さい頃から正義感が強いわりには、やんちゃばかりして、男の子をよく泣かせていたとか。

三歳の頃、『アンパンマン』が大好きで、同じビデオを何度も何度も、母の表現では心配になるほど繰り返し見ていたらしい。その影響なのか、弱い者いじめをする子が気に入らなかったようで、ある男の子にグーでパンチをし、鼻血を出させてしまった。母は菓子折りを持って謝りに行ったという。

自分のことなのだが、何とも手のかかる子どもだったのだと思う。

お菓子で釣って誤魔化せる子どもではなかったし、決めたことは曲げずに通すわがまま、頑固な性格で、ある時にはイルカの浮き輪を買って欲しいと床に転がって大泣きし、そのまま両親にスーパーに置いて行かれたことがある。

知らない場所へ、どんどん出かけたい子どもだった。海水浴場やデパートなど、あらゆるところで迷子の放送をされたのを覚えている。自分では迷子になっているつもりはなかったのだが。探検しすぎて離れた町まで行き、警察に保護されたこともある。四歳の時だった。

数年後には、心配した親から警察に通報されかけたこともある。その時は、友達を引き連れて、昔私たちが住んでいた団地まで案内したくて探検をした。子どもの足では想像できないほど遠く離れた場所だったが、どういうわけか辿り着き、また来た道を戻って帰宅した。外はすでに真っ暗になり、友達の母親たちを大変心配させてしまった。また、友達の靴下に穴があくほど歩かせてしまったことを、ひどく怒られた。

過保護すぎる親の元に生まれていたら、私はどうなっていたのだろうか。母は田んぼに囲まれて育った地方出身の新米ママで、驚くほど自由に私を遊ばせてくれた。四歳まで団地の五階の部屋で育ったのだが、バルコニーは私にとってジャングルジムだった。外側の手すりにつかまり、友達の住む隣りの部屋のバルコニーに家宅侵入することも多々あった。

今考えると、こんな遊びをしていたなんて、恐ろしい。自分の子どもが私みたいな子だったら、きっとノイローゼになっているだろう。母はこの遊びについては知らなかったのだと思う。

姉という新しい役割

弟妹ができてからは、姉という新しい役割をもらい、守らなければいけない存在ができたと、一生懸命子守をした。そのうちに近所の小さい子たちも加わり、小学校の放課後、私の家の周りは遊びまわる子どもの溜まり場になっていた。

弟は小学校入学直前になっても言葉を発しなかったため、両親がとても心配し、病院をめぐる生活が始まった。心のどこかで、おしゃべりしすぎな私が彼の言葉を奪ってしまったのではないか、と思っていた。

何でも一人でできるし、勝手に決断し、行動する私には、一人っ子でなくなったこともあり、いつからか親の監視は全く感じられなくなり、どこまでも自由に生きることができた。成績もそこそこだったので、勉強しなさいと言われた記憶はない。通信簿を見るなり、詩織は大丈夫、と親の視線は常に下の弟妹に向けられた。

妹はどこに行くにも私に付いて来るし、私の友達とも遊びたがるような子だった。今でも妹の夢を見るときは、不思議なことにこの時期の彼女がよく出てくる。私が早くに家から離れたこともあったため、幼い時の妹の記憶のほうが色濃く残っているのだろう。彼女とは歳が離れているので、私が高校に上がる頃には、親子に間違えられたこともたびたびあった。常に私を頼ってくれるかわいい妹だった。私が被害にあった数時間後に、初めて会ったのも、彼女だった。

妹がまだ一歳のときだった。近所の銭湯で、モデル事務所のマネージャーだという女性が母に声をかけ、妹をモデルにする気はないか、と言った。事務所に来るだけでも、と熱心に誘われ、母は随分舞い上がったことだろう。その場で了承し、私たちきょうだいを連れて事務所へ向かった。良かったら、と一緒に行った私たちも、訳のわからないまま写真を撮られたことを覚えている。

しかし、母は特にステージママになることもなく、結局一人でどこにでも行けて人見知りをしない私だけが、仕事をすることになった。当時九歳くらいだった。ファックスで送られてくる地図の下に、交通機関の乗り換えの仕方を順番に書いてもらい、オーディションや現場へ向かった。

学校帰りの仕事で疲れると、都内で働く父のもとに立ち寄り、一緒に帰ったりした。作り込まれた完璧な自己紹介をする、ピカピカのブックを持った子ども達にまじって受けるオーディションは、正直居心地が悪かった。自分が商品になったような気がした。

しかし、現場での仕事は楽しかった。大人と一緒に一つの作品を作る過程は面白く、自分が子どもでなかったら、作る側に回りたいのに、と思っていた。

中学に上がった頃から、外でこのような仕事をしていることが、同級生の目にとまるようになった。目立たないようにと仲のいい友達にしか話していなかった上、芸名も使っていたため、噂が広がった時はどうしていいのかわからなかった。始めは些細なからかいから、やがてそれはいじめに発展した。学校では「目立ってはいけない」というお決まりのルールがあった。みんなと同じようにしていれば安全。少しでもはみ出るようなことがあったら、「変わり者」と見られてしまう。敷かれたレールから降りてはいけない。この頃から、閉ざされた学校という社会で、生き辛さを感じていた。

「レールの上の人生」が終わった

ある日、私は中学校の部活で所属していたバスケ部の試合に行き、帰り道で倒れた。レールの上を歩く人生が終わった瞬間である。病院での入院生活が始まった。

一週間、数ヶ月、どんどん時間が過ぎて行った。

担任の先生は、「長い人生で考えるとほんの一瞬」とお見舞いに来てくれた時に言った。しかし、数日でも学校を休むと置いていかれたように感じる当時の感覚からすると、入院生活は人生が突然止まってしまったような恐怖であった。

変わらないはずのバスケ部のメンバーたちがお見舞いに来てくれた時、彼女たちのまとう空気が、私の手の届かない世界のものになってしまったと感じたことを覚えている。一人取り残され、これからレールに戻ったとしても、どこをどう走って行けばいいのか、もうわからなかった。

遅れた勉強を取り戻すために、病院の院内学級に通い始めた。今までの学校と違い、パジャマで行っても許される特別な学校だった。ベッドの上に寝たきりの子だって当たり前にいる。

時間に追われることもなく、どれほど勉強ができるかなんて、誰も気にしないのだ。みんな違う病気と戦いながら、それぞれの運命を生きている。決められた線からはみ出ないように必死になっている生徒なんて、一人もいなかった。

楽しかった。

生きているだけでいいのだ。こんなにもシンプルなことを、それまで忘れていた。

院内学級は、友達がいなくなることも当たり前だった。退院していく友達に、この世から旅立つ友達。それは突然にやってくる。お別れの多い学校生活だった。

もうすぐ中学三年生という時に退院した。学校に戻ると、今まで自分が生かされていた世界が、いかにちっぽけだったかを思い知った。

担任の先生に、一学年をやり直すことも勧められた。でも、この時の私には、遅れていた日本史や数学の勉強が私の人生を左右するものではないと、はっきりわかっていた。周りの友達が受験や進学の準備に忙しかった一方、私は地域に住む外国人に日本語を教えたり、老人ホームや障害者施設でのボランティアに時間を費やした。学校の外の世界とのつながりを持つことが楽しかった。どこの高校に行くかなんて、どうでもよかった。退院してから私は、言葉も違う、誰も知らない場所で自分の可能性を試すことを夢に描いていた。健康であれば、体が動けば、何でもできると信じていた。だから、わざわざレールに戻る必要はないと考えていた。

両親に、寮生活のできるイギリスの高校に行きたいと打ち明けた時は、退院してすぐの私の健康を心配する一方、学費がとても一般家庭で考えられるような金額でなかったため、猛反対された。

私は今まで自分が稼いできたギャラで賄うと言い張ったが、到底足りるものではなかった。また、今まで風邪すら滅多にひかない健康そのものの娘が急に入院したのだから、医療費の負担は大きかった。両親には大変迷惑をかけていた。

しかし、それで聞き入れるような性格の娘でないことは、両親もよく知っていた。どうにか方法はないか調べたところ、友人が教えてくれた、アメリカの一般家庭がボランティアでホストファミリーをしてくれる留学のプログラムに辿り着いた。

これならなんとか、自分で仕事をして貯めた資金内で収まる。しかし、このプログラムでは、自分の行きたい場所は選べなかった。自己紹介文に、「動物と自然が好き」と書くと、私はカンザス州に送られることになった。それがどこにあるのか、さっぱりわからなかったが、とにかく横文字で書いてある行き先を見た時は大興奮した。日本から飛行機を乗り継ぎ、最終的には窓側に席が一列ずつしかない飛行機に乗り換えた。

やっと着いたと降りようとした時には、「ここじゃない、君が降りるところは次だ」と呼び止められた。この小さな飛行機は、バスのように幾つかの飛行場を回って、最後に私の目指す村近くの飛行場に着いた。

人気《ひとけ》のない飛行場に降ろされ、迎えに来てくれるはずの誰かを眠気に襲われながら待った。チューインガムなのか、床を拭くための洗剤なのかわからないが、やけに甘い香りの立ち込める、空港とは呼べないその飛行場の一角で、笑顔で迎えてくれた老婆を見た時は、ホッとしたことを覚えている。

最初に私を迎え入れてくれた家族は、移動式の家に住んでいた。トレーラーハウスと呼ばれるその家は、カンザスの何もないさら地にあった。とてもいい人たちで楽しかったが、同時に金銭的に裕福ではないだろう彼らが、どうして私のことをボランティアで受け入れてくれるのか、謎でしょうがなかった。

そのうちに、ハウスダストだったのか、今までなったことのないアレルギー症状で喘息気味になり、家を移ることになった。

今度は、牛を三百頭以上飼っている家であった。家のゲートでスクールバスから降りると、そこから玄関に着くまで徒歩で十分かかった。周囲は、見渡す限り目で確認できるものがないほど広い土地だった。私がテレビで知っているアメリカとは程遠い景色が、限りなく広がっていた。

当時日本でも人気だったアメリカの青春ドラマ『The O.C.』や、そのリアル版『ラグナ・ビーチ』を見て思い描いていた高校生活だった。しかし、カリフォルニアの高級住宅街や海辺で繰り広げられる恋と友情物語とはかけはなれ、週末はロデオ大会、牛追いの手伝いに追われる生活が始まったのだ。最初はコントロール不能な馬に跨り、振り落とされまいとへばりついているだけだったが、数週間もすると、体の一部のような感覚で馬に乗れるようになった。

当初、学校の授業ではさっぱり何が行われているのかわからなかった。とにかく日本は中国の一部だと同級生が思っていたことがわかり、日本にもマクドナルドがあると言うと、みんな目を丸くして驚いた。

突然現れた言葉のわからない宇宙人のような私と、みんなは最初距離をおいた。当時私が日本の家族に連絡できる手段は、日本から持って行ったコレクトコールのカードを使い、電話交換を通して通話することだけであった。

このカードが終わってしまったらもう話せないと思い、めったに電話もできなかった。

ホストファミリーも何度か変わり、どこにいても宇宙人、居候であることに孤独を感じた。しかし、部活を始めると、不思議なくらいチームメイトと打ち解けることができたのは、スポーツの素晴らしいところだ。友達も増えた。

三ヶ月もすると、まったくわからなかった授業にもついていけるようになり、なんとか日本へ追い返されないだけの成績のラインも保つことができた。

しかし、ここはあまりにも外部から閉ざされた村だった。州から出たこともないのに、アメリカが一番だと思っている仲間たちの中で、外部との繋がりや情報を強く求めるようになり、国際的なニュース番組を、のどの渇きを癒すように見た。

この頃見たニュース番組は、私を唯一カンザスの外の世界と繋いでくれる大切な情報源だった。はっきりと、ジャーナリストを目指そうと思った。人間にとって外部の情報が、いかに必要か痛感したのだ。そして、情報をそのまま受け取るのではなく、自分なりのリサーチとコミュニケーションを通して理解することが大事だと知った。

「そこに血を残しなさい」

カンザスのこの小さな村でも、事件が起こることがあった。メキシコ移民の女の子がさらわれて殺された事件だった。そのニュースを聞いて、最初にお世話になったホストマザーから教わったことを思い出した。

「銃で脅されても車に乗っちゃダメ。そこで撃たれても逃げて。車に乗ったら最後。誰もあなたのことを探すことができないの。だから、そこに血を残しなさい。そうしたら、手がかりが残るから」

と、彼女は自分の娘たちと私に教えた。

カンザスの何もない広い土地は、確かに時に恐ろしかった。この土地のどこかに隠されたら一生誰も見つけてくれない。一生出てこられない。そんな恐ろしさだった。

幸いなことに、カンザスの土地に私の血を残すような事件は起こらず、一年が過ぎた。帰る時には、皆と大泣きで抱き合った。居候という身で、見ず知らずの家族にまざってそのルールの中で生活することや、車がなければどこにも行けない閉鎖的な土地柄は不自由も多かったが、留学生活は、まったく違う次元の自由を私に与えてくれた。

それは、新しい言語を習得したことだ。日本語だけの社会にいた時には想像もしていなかったほどの、多くの人々とコミュニケーションが取れるようになった。読める書籍も増えた。それは、どこでも生きていけるという自信につながった。

日本に戻った私は、母を驚かせた。

「私の娘はどこにいったの？」

それは、私が出かける前とはまったく違う風貌になっていたからだ。

アメリカで、出されたものをすべて胃袋に収めてきたので、日本を離れた時から十一キロ近く体重が増え、しかも帰りにフロリダの友達を訪ねたため、真っ黒に焼けていた。久しぶりにモデル事務所に挨拶に行くと、驚いたスタッフにダイエットをするよう命じられたが、高校生になり、バイトもできるようになっていた私には、以前の芸能の仕事はもう必要なかった。

この仕事をしたおかげで、海外の高校へ留学できたことに、感謝するだけだった。

ニューヨークで学ぶと決心する

私は、ニューヨークでジャーナリズムを学ぶことを目指した。情報の行き交う、あの街で学びたかった。

だが、アメリカの大学への留学費用は、想像を超えるほど高かった。いくつかの奨学金や学生ローンで学資を得ようと思い、申請書を取り寄せたりしたが、両親の所得が条件に合わなかった。所得が一定以上あったとしても、それぞれ事情や判断があり、必ずしも親の協力を得られるわけではないのに不公平だと思った。しかし金銭的な理由であきらめたくはなかった。

私は、昼夜問わずバイトを掛け持ちした。寝る時間も友達と会う時間もなかったが、何よりも少しずつ貯金ができ、大学に行く夢が近くなっていくのが嬉しくてしょうがなかった。

しかし、お金を貯めるだけの生活は楽しくないので、某テレビ局で報道のアシスタントのバイトも始めた。四年制大学以上と募集要項にあったが、気にせず応募してみたら面接に受かり、憧れの報道局の慌ただしい雰囲気の中で、雑用に追われ走り回った。休む時間はなかった。でも、楽しさと希望で、疲れるということがなかった。

そんな生活を一年近くしたところで、友人と東南アジア在住の友達を訪ねる旅を計画した。できるだけ多くの国を回り、世界を見てみたかったのだ。

しかし、忙しくて荷物をパッキングする時間がなかった。出発の前日、仕事から帰宅して、やっと荷造りをしようと洋服をたたみながら、私はつい眠り込んでしまった。

起きた時には、すでに空港での友人との待ち合わせ時間だった。何も荷物を持たず空港に向かったが、飛行機のチェックインには間に合わなかった。友人は、先に行っているからと飛行機に乗り込んだが、離陸直前に、やっぱり不安でたまらないと連絡が来た。

どうしようか、迷った。当日発売のチケットは、寝ないで働き貯めたお金が簡単に飛んでしまう額だったのだ。空港でいろいろ調べるうち、一ヶ月後のリターンチケットで出発する格安の往復チケットを何とか見つけることができ、追いかけるようにして友人の元に発った。

その時、私は初めて自分の置かれた状況を悟った。私は疲労のピークにいて、どう考えても大学進学計画は、金銭面で現実的でないと思い知らされた。これではニューヨークに行く前に、過労死してしまうと思った。

帰国した私は、まずはほぼ学費のかからないドイツの大学に行くことに決めた。その後、実際にドイツに向けて出発はしたが、だからと言って、アメリカでジャーナリズムを勉強することを諦めたわけではなかった。

今までみたいに、どうにか方法が見つけられるはずだと思っていた。アメリカの大学の学費は、取得する単位数で決まる。そこで、できるだけ学費のかからない別の国の学校で単位を集めて、希望するニューヨークの大学にあらかじめ単位を移行してから入学する、というのが、この時の私の作戦であった。

また、アラビア語も勉強して、取材ができる範囲を広めたいと思った。当時、ドイツの大学では、英語で学べる授業の範囲には限りがあった。そんな時、スペインの大学で国際関係学を学びながらシリアに留学できる制度があると聞き、スペインにも行ってみた。ちょうどその年に、シリアの情勢が悪化し、結局シリアの学校行きは果たせなかったが、単位は順調にたまっていたし、スペイン語も身についた。

当時遠距離で付き合っていたパートナーの彼と、一緒に住んでお互いに仕事や勉強を続けられる生活を考え始めた。私は彼に、ニューヨークに行こうと切り出した。そこで彼は、ニューヨークでの仕事上のポジションに受かり、私も奨学金がもらえる海外の制度に受かった。念願のニューヨークでの勉強が、遠回りをしてやっと叶ったのだった。

すべての努力はジャーナリストになるために

刺激的な遠回りだった。この遠回りのおかげで、自分で計画し、実行し、夢を叶える手段を身につけ始めていた。時間さえあればバックパックを背負い、各地へ飛び、写真を撮るようにもなっていた。ニューヨークでは写真も専攻し、ドキュメンタリーも撮り始めた。

そして、学資の問題を解決するため、パートナーを説得してイタリアへ向かったのが、前に書いたように二〇一三年のことだった。

イタリアからニューヨークへ戻ったのは、二〇一四年夏だった。しかしその直前、パートナーとは、彼の妹の結婚式に一緒に参加した直後に別れることになった。フィレンツェでの勉強も終え、卒業を間近に控えた私は、彼と今後の話をするようになった。これからのお互いについて、次第に意見が食い違うようになっていた。

世界各地に二年ごとに転勤する仕事をしていた彼は私に、自分に付いてきてほしい、家庭に入って空いた時間にヨガでも教えていればいい、と言った。

ヨガはインドに修行に行ったほど好きであったが、私の夢を知っていた彼が、このようなことを言うのは半分冗談だと思いたかった。そして、それだけは受け入れるわけにはいかなかった。

私のそれまでの努力は、すべてジャーナリストになるためにあった。たとえ愛する人の傍にいたとしても、その夢を諦めた私が、もはや同じ私であるはずはなかった。何度も話し合った末、私たちは、別々の人生を送ることにした。

第2章　あの日、私は一度殺された

ニューヨークで大学卒業を目前にして、私は本格的にインターンシップの受け入れ先を探し始めた。現地にある働いてみたいと思うメディアの関係者にメールを送った。その中に山口氏も入っていた。一年ぶりに連絡をしたが、山口氏は、

「TBSはいま、人が足りている。日本テレビはいつも人を募集しているみたいだから、自分の知り合いのニューヨーク支局長に連絡してみたら?」

と、紹介してくれた。ウェブで募集の詳細を確かめ、面接とテストを受けて通過した後に、同じ年の九月から、日本テレビ(以下、日テレ)でインターンとして働き始めた。

九月には国連総会があり、各局の記者がニューヨークに集まる。日系のメディアは共同で、あるホテルの大会議室を借り切り、同じ現場からニュースを発信していく。私はその中の一人で、山口氏もニューヨークを訪れていた。同じ現場にいると知ると、山口氏は国連大使や著名人との会合に誘ってくれたりした。その時私は、ちょうどニューヨークを訪れた知人に案内を頼まれていたので参加しなかったが、彼の話には私のインターン先である日テレの社員の名前も挙がっていて、きっと賑やかな会合なのだろうと想

像していた。

結局この時は会議室でも顔を合わせることはなく、ニューヨーク時代に山口氏に会ったのは、一回目のバーでと、そのすぐ後にTBSのニューヨーク支局長を紹介してもらった際の二回。二人きりで会ったことは、一度もなかった。

私にとって山口氏は、多くの知り合いの一人で、気さくに人を紹介してくれる成功したジャーナリストであり、それ以上でも以下でもなかった。

帰国してロイターで働く

インターンシップと学業で、さすがにバイトをする時間もなくなってしまった。また、それまでパートナーと二人で暮らしていたアパートを離れ、何人かでシェアできるアパートを新しく見つけたが、ニューヨークでの一人暮らしは、今まで以上にコストがかかった。

これまで何とか自分で賄ってきた学生生活だったが、ここで両親に送金を頼むことになってしまった。そこで私の困窮は、両親の知るところとなった。両親はびっくりし、すぐに帰国するようにという命令が下った。

仕方がない。我を通すすべはなかった。一度帰国して、もう一度何とか出口を見つける努力をしようと心に決め、私は日本に帰った。

翌年の二月から、私はロイター通信の日本支社、トムソン・ロイター・ジャパンとインターン契約を結んで働き始めた。仕事や仲間から学ぶことは多かったが、フルタイムの労働で無給であったため、サイドワークは必須であった。ロイターのテレビニュース部では、ニュースの枠は三分間だった。どんなに面白い素材を見つけても、どんなに面白いコメントが取れても、配信できるのは三分間だけ。

私は当時、孤独死の取材をしていた。これは高齢化社会のみの問題ではなく、コミュニケーションの問題で、人とのつながりを断たれてこの世を去る人々の現実について、伝えたいことはたくさんあった。それを三分間にまとめろと言われても、私は困惑するばかりだった。結局、配信できたのは、孤独死の現場についての簡単な紹介にとどまった。

いっそフリーになった方がいいかもしれない。そう考え始めたところで、フルタイムのインターンを終え、継続して日当のもらえる契約を、シンガポールにあるロイターのアジア本社と結んだ。今後は自分の納得のゆく仕事をしながら道を切り拓いていこうと決心し、完全なフリーランスになると心に決め、久しぶりに実家へ戻った。

実家で私を待っていたのは、両親の大反対だった。インターンだけでは生活することができなかった私は、翻訳や通訳などのアルバイトも同時にしていた。日当は出るようになっていたが、やはり生活は厳しく、今後もアルバイトは続けなければならない。寝る時間も削って働く私の体を、両親は心配した。英語と日本語ができるからとの、外資系企業からの正社員契約の誘いを、何度か私が断っていることを両親は知っていた。

「せめて二年間、会社勤めをしなさい。フリーになるなら、それからでも間に合う」

いつになく強い両親の説得に、私の心は揺れた。長女でありながら、これまで自分のしたいようにさせてもらってきた。すでに社会人となった今、両親に仕送りもできず、ニューヨーク生活で最後に借りてしまったお金も返せていなかった。申し訳ない気持ちもあった。それに、両親の言うことにも一理あるかもしれない。

だからと言って、自分の向かいたい方向とは違う分野の企業に行くことは考えていなかった。それに、一般的な就職活動が始まるのはまだ先で、いずれも狭き門ではあった。

両親を安心させ、しかもなるべく早く自分にあった環境で仕事をするには、どうすれば良いだろう。考えた私は、アメリカの大学を卒業した後、日テレのニューヨーク支局で現地採用された女の子がいたことを思い出した。

現地採用ならば、道はあるかもしれない。

日テレの現地採用枠は、その女の子が決まった時点でしばらく埋まっている。TBSのニューヨーク支局も募集はないと聞いた。

そこで思い出したのが、山口氏の「TBSのワシントン支局であれば、いつでもインターンにおいでよ」という言葉だった。もう一度インターンで仕事をさせてもらい、そこから現地採用を目指してみよう、と私は考えた。

履歴書とビザ

私は、最後に連絡を取ってから半年ぶりに、山口氏にメールを送った。二〇一五年三月二十五日のことだった。

「山口さん、
お久しぶりです。お元気ですか?

昨年は日本テレビでのインターンを紹介していただきありがとうございました。

学校でのラストスパートと並行して大変貴重な経験を培うことができました。

現在は東京のロイター通信でテレビニュース部のインターンをしております。

CNN東京からもインターンのオファーを頂いたりと、ニューヨークでの経験が大変役立っております。

本当にありがとうございました。

大変感謝しております。

以前山口さんが、ワシントン支局であればいつでもインターンにおいでよといってくださったのですが、まだ有効ですか?笑

現在絶賛就活中なのですが、もしも現在空いているポジションなどがあったら教えていただきたいです。」（詩織=以下S）

山口氏からは、その日のうちにすぐに返信があった。

「インターンなら即採用だよ。
プロデューサー（有給）でも、詩織ちゃんが本気なら真剣に検討します。ぜひ連絡下さい！」（山口=以下Y）2015-3-25 19:25

プロデューサーとは、自分でニュースのネタを見つけ、記者やカメラマンに指示しながら一定の枠のニュースを製作する仕事だ。インターンから始めようと思っていた私にとって、プロデューサーでの採用の話は、願ってもないチャンスだった。ぜひプロデューサーに応募したい、とメールを送ると、すぐに返信が来た。

「本気みたいだね。
そしたらこっちも本気で検討します。
日本語で履歴書を作ってＰＤＦかＦａｘで送って下さい。

あと、ビザは持ってる？

新規プロデューサーという事になると、採用やら待遇やら、ＴＢＳインターナショナル本社の決済《ママ》をとらないとなりません。これにはかなりの時間がかかります。

あるいは、まずはこっちに来てフリーランスとして契約して、しばらく仕事をしてもらいながら正式な採用に向かうという手もあります。このやり方なら私が決済できます。

どういうやり方がいいか、ちょっと考えてみます。」Ｙ 2015-3-25 22:17

履歴書を送ると、ほどなくして山口氏からメールが来た。

「履歴書受け取りました。ありがとう。
最大の関門はビザだね。ＴＢＳで支援する事も可能ですので、検討してみます。
ところで、ヤボ用で一時帰国する事になったんだけど、来週は東京にいますか？」Ｙ
2015-3-28 17:31

「調べたら、支局スタッフとして雇用するために会社で支援をした実績はあるようです。

来週後半、空いてる夜ある？」Y 2015-3-29 14:26

結局、次の金曜日に恵比寿で、時間は七時の待ち合わせ、ということになった。

「今売ってる週刊文春に僕の寄稿が掲載されているから読んでおいてね」と山口氏は書いてきた。

四月三日金曜日

ビザにはいろいろな種類がある。プロデューサーなら、正式な就労ビザが必要だ。

金曜日は、四月三日だった。その日私は、奉納相撲の取材で朝の八時から靖国神社に出かけていた。

夕方六時四十分に取材を終えた私は、一度赤坂のロイターに戻って機材を置いてから、恵比寿へと出かけた。

仕事が押してしまい、約束から一時間遅れて駅に到着し、電話をすると、店までの道を説明するのが面倒だったのか、山口氏は駅まで迎えに来てくれていた。道すがら、今回は何のために帰国されたのですか、と聞くと、それは後で話す、と言った。

しかし、その話を後できちんと聞かされた記憶はない。ただ、その後行った店で、「週刊文春」に掲載された記事のことで帰国したような発言は聞いた。

山口氏は、「店ですでに飲んでいるが、今日の目的はそこではない、予約したのは次に行く鮨屋だ」と言った。この辺りは生まれ育った土地で、帰国すると顔を出さなければならない店がたくさんある、ここは親父に初めて連れてきてもらった店なんだ、悪いけど少し付き合ってもらうよ、と。

ただ、あくまでも鮨屋が目的なので、この店ではあまり食べないように、とのことだった。

入ったのは、アットホームでフレンドリーな女将さんのいる小さな串焼き屋だった。これまでのパターンや今日の目的からして、当然誰か別のTBSの人が一人か二人同席するものと、私は勝手にイメージしていた。「すでに飲んでいる」という言葉からも、数名と飲食をスタートさせているのだと思っていた。ところが、そこには誰もおらず、二人きりであることに内心驚いた。

ここは挨拶するだけだからと言いつつ、まったく何も頼まないわけにもいかなかったのだろうか、私は目の前に出された串焼きを五本ほど食べた。他に、もつ煮込みと叩ききゅうりがあり、ビールを二杯とワインを一〜二杯飲んだ。小さなコップだったし、私はもともとお酒にはかなり強い方なので、酔いは回らなかった。

その店で山口氏は、ワシントンは政治部だけど、君は政治部に興味はあるか、と聞いた。私は正直に、「社会部に興味があり、政治部で自分がやっていけるのかわかりません。政治部はどういう仕事をするのですか」と聞いたところ、社会部は起こった出来事を追いかけるが、政治部はどちらかというとコネクションの世界だから、積み上げていくものなんだよ、という返事だった。合わない人は合わないが、君は社会部と政治部どちらのテイストも持っていると思う、人との向き合い方もいいし、政治に向いているのではないか、と言った。

やはり政治部には興味が無いと思ったが、ただ大統領選を翌年に控えていたワシントンでは学ぶことが多いのだろうと、そこは深く受け止めずに話を聴いていた。

この店で山口氏は偶然隣りの席に座った人や、親しいらしいお店の人たちと忙《せわ》しなく話していて、私のビザの話をゆっくりするような雰囲気ではなかった。

一時間半ほどその店で過ごし、九時四十分頃、歩いて五分ほどの距離にある鮨屋に移動した。一軒目の店で、席から少し離れた場所にかけたコートを、外が暖かかったので忘れてきてしまった。歩き出してすぐに気がつき、取りに戻った。

次の店では、きっとビザや待遇について、具体的な話をしてもらえるのだろう、と私は思った。鮨屋の奥まったカウンター席に座り、日本酒を注文した。少しのおつまみで二合ほど飲んだが、なぜかお鮨はちっとも出てこなかった。

そこでも、具体的なビザの話は出なかった。しかしこの日、山口氏が私に紹介してくれた日テレの支局長を引きあいに出し、「彼から本当に良い評判を聞いているよ」と言ったので、私はすっかり仕事の上で何らかの評価をしてもらっているものと思い込んだ。

山口氏とは相当親しい様子だった鮨屋の主人は、「文春の記事、読みましたよ」と言った。

発売されたばかりの「週刊文春」四月二日号に掲載された山口氏の署名記事は、ベトナムに韓国軍の慰安婦が存在したことがアメリカの公文書によって明らかになった、という内容だった。鮨屋までの道のりで山口氏は、傍らの店を指さしながら、「ここはこの前〇〇さんや△△さんと来た店」と、著名な政治家や、歴代総理大臣の名前を何人か挙げた。そうした言動は、権力の中枢に入り込んでいるジャーナリスト、という印象をことさら強く感じさせた。

二合目を飲み終わる前に、私はトイレに入った。出て来て席に戻り、三合目を頼んだ記憶はあるのだが、それを飲んだかどうかは覚えていない。そして突然、何だか調子がおかしいと感じ、二度目のトイレに席を立った。トイレに入るなり突然頭がくらっとして蓋をした便器にそのまま腰かけ、給水タンクに頭をもたせかけた。そこからの記憶はない。

激しい痛みで目覚める

目を覚ましたのは、激しい痛みを感じたためだった。薄いカーテンが引かれた部屋のベッドの上で、何か重いものにのしかかられていた。

頭はぼうっとしていたが、二日酔いのような重苦しい感覚はまったくなかった。下腹部に感じた裂けるような痛みと、目の前に飛び込んできた光景で、何をされているのかわかった。気づいた時のことは、思い出したくもない。目覚めたばかりの、記憶もなく現状認識もできない一瞬でさえ、ありえない、あってはならない相手だった。

ベッドサイドのライトと、テレビの近くにあるコンソールライトがついており、奥の窓側の辺りをのぞけば、部屋はぼうっと明るく照らされていた。もしかしたら玄関のライトもついていたかもしれない。

棚の上に不自然に、ノートパソコンが開いて載せてあり、電源が入って画面が光っているのがわかった。その棚は、パソコンを置いて仕事をするような場所ではなく、椅子も置かれていなかった。こちらに向けた画面の角度から、直感的に「撮られている」と感じた。

私の意識が戻ったことがわかり、「痛い、痛い」と何度も訴えているのに、彼は行為を止めようとしなかった。一体なぜ、こんなことになってしまったのか、頭の中は混乱していたが、とにかくここから逃げ出さなければ、とそれだけを考えた。何度も言い続けたら、「痛いの?」と言って動きを止めた。

しかし、体を離そうとはしなかった。体を動かそうとしても、のしかかられた状態で身動きが取れなかった。押しのけようと必死であったが、力では敵わなかった。

私が「トイレに行きたい」と言うと、山口氏はようやく体を起こした。その時、避妊具もつけていない陰茎が目に入った。

トイレに駆け込んで鍵をかけたが、パニックで頭は混乱するばかりだった。バスルームは清潔で大きな鏡があり、そこには何も身につけていない、体のところどころが赤くなり、血も滲んで傷ついた自分の姿が映っていた。ヒゲそりなどの男性もののアメニティが、広げられた小さな白いタオルの上に、いやに整然と並んでいたのを覚えている。そこで、ここは山口氏が滞在しているホテルだと気づいた。

「殺される」と思った瞬間

とにかく、部屋を出なければならない。意を決してドアを開けると、すぐ前に山口氏が立っており、そのまま肩をつかまれ、再びベッドに引きずり倒された。

抵抗できないほどの強い力で体と頭をベッドに押さえつけられ、再び犯されそうになった。足を閉じ体をねじ曲げた時、山口氏の顔が近づきキスをされかけた。必死の抵抗で顔を背け、そのため顔はベッドに押し付けられた。

体と頭は押さえつけられ、覆い被さられていた状態だったため、息ができなくなり、窒息しそうになった私は、この瞬間、「殺される」と思った。裸のままこんな状態で発見されたら、親が悲しむことだろう。混乱の中、一瞬、自分が朝のニュースで報道され、泣いている母の顔が浮かんだ。そんなのは絶対に嫌だった。

体を硬くし体を丸め、足を閉じて必死で抵抗し続けた。頭を押さえつけていた手が離れ、やっと呼吸ができた。

「痛い。止めて下さい」

山口氏は、「痛いの？」などと言いながら、無理やり膝をこじ開けようとした。膝の関節がひどく痛んだ。そのまま何分揉み合ったのだろう、体を硬くして精一杯抵抗し続けた。

ようやく山口氏が動きを止めた。私は息も絶え絶えに後ろ向きに横たわったまま、罵倒の言葉を探していた。それまで「やめて下さい」と繰り返していたが、それではあまりに弱すぎた。私はとっさに英語で言った。

「What a fuck are you doing!」

日本語に訳すと、「何するつもりなの！」となるかもしれないが、実際はもっと激しい罵倒の言葉だ。

「Why the fuck do you do this to me」（なんでこんなことするの）

「I thought we will be working together and now after what you did to me, how do

りなの）

you think we can work together」（一緒に働く予定の人間にこんなことをして、何のつも

後になって考えたことだが、これから上司となるはずの山口氏に対し、私はそれまで敬語を使っていた。女性が目上の男性に対して使える対等な抗議の言葉は、自然には私の口から出てこなかった。そもそも日本語には存在しなかったのかもしれない。

しかし、私はその時まで、海外で「日本語の汚い罵り言葉を教えてよ」などと冗談交じりに聞かれると、「そういう言葉は日本語にはないの」と答えるのを誇りに思っていたのだ。

「パンツくらいお土産にさせてよ」

山口氏はなだめるような口調の日本語で、

「君のことが本当に好きになっちゃった」

「早くワシントンに連れて行きたい。君は合格だよ」

などと答えた。私はさらに英語で言った。

「それなら、これから一緒に仕事をしようという人間に、なぜこんなことをするのか。避妊もしないでもし妊娠したらどうするのか。病気になったらどうするのか」

山口氏は、「ごめんね」と一言謝った。そして、

「これから一時間か二時間後に空港に行かなければならない。そこへ行くまでに大きな薬局があるので、ピルを買ってあげる。一緒にシャワーを浴びて行こう」

と言った。

日本の薬局で、処方箋なしでピルが買えるはずがない。もちろん一緒に行く気はなく、どうこの状況から逃げ出すかが最優先であった。一言「結構です」と断った。

ようやくベッドからぬけだした私は、パニックで頭が真っ白になったまま、部屋のあちこちに散乱していた服を拾いながら、身に引き寄せた。下着が見つからなかった。返すように言ったが、山口氏は動かなかった。どうしても見つからなかったブラは、山口氏の開いたスーツケースの上にあった。一向にパンツは見つからなかった。すると、山口氏は、

「パンツくらいお土産にさせてよ」

と言った。

それを聞いた私は全身の力が抜けて崩れ落ち、ペタンと床に座り込んだ。体を支えていることができず、目の前にあったもう一つのベッドにもたれて、身を隠した。

そこはツインの部屋でベッドが二つあったが、このもう一つのベッドは、ベッド・メイクされてカバーがかかった状態で、使われた形跡がなかったのを、はっきりと覚えている。

「今まで出来る女みたいだったのに、今は困った子どもみたいで可愛いね」

と山口氏が言った。

一刻も早く、部屋の外へ出なければならない。パンツをようやく渡され、服を急いで身にまとった。

窓の外が、次第に明るくなってきていた。ようやく見つけたブラウスは、なぜかびしょ濡れだった。なぜ濡れているのか聞くと、山口氏は「これを着て」とTシャツを差し出した。

他に着るものがなく、反射的にそれを身につけた。

荷物をまとめて足早に部屋を出た私は、ロビーに出て初めて、ここがシェラトン都ホテル東京であることを知った。

ここには、事件の数年前に宿泊したことがあった。前回泊まった楽しい思い出の中の自分とは、あまりに違う今の自分だった。恥ずかしさと混乱で頭がいっぱいになった。

私は自分が被害者になるまで、性犯罪がどれほど暴力的かを理解していなかった。頭ではわかったつもりでいても、それがどれほど破壊的な行為であるか、知らなかった。

何かが激しく破壊された。

昨日と同じような服装の私は、人から見ればさほど変わって見えなかったかもしれない。

ただ、私が以前の私でなかったのは確かだ。

綺麗なホテルのロビーを、足早に横切るのが精一杯だった。誰にも見られたくなかった。すごく自分が汚らわしく思えて、とにかく状況を把握しきれないまま、自分の居場所に戻り、自分を守りたかった。

ホテルの前からタクシーに乗った。時刻は五時五十分頃だった。目を覚ましてから部屋を出るまでにどのくらい時間が経ったのか、はっきりとはわからないが、おそらく三十分くらいのことだったのではないか。

なぜ、こんなことになったのか。

タクシーの中で必死に記憶を呼び覚ましてみたが、鮨屋のトイレから目が醒めるまでの間、ぷっつりと記憶が途絶えていた。その代わり、襲われた時のおぞましい残像が、痛みとともに記憶の中から浮かび上がってきた。

都内に借りていた部屋へ戻ると、真っ先に服を脱いで、山口氏に借りたTシャツはゴミ箱に叩き込んだ。残りは洗濯機に入れて回した。この日起こったすべての痕跡を、洗い流してしまいたかった。

シャワーを浴びたが、あざや出血している部分もあり、胸はシャワーをあてることもできないほど痛んだ。自分の体を見るのも嫌だった。

第3章　混乱と衝撃

安全な場所に戻ったはずだったが、少しも心が安らがなかった。ベッドの上に座り、何が起こったのか考えようとしても、先ほどのおぞましい体験が、静かな部屋でフラッシュバックするだけであった。すべて忘れたかった。体に残っている痛みと感覚から抜け出したかった。自分の体を脱ぎ捨てたいような気持ちになった。

何事もなかったかのようにかかった電話

これは一体、何だったんだろう。尊敬し、信頼していた人物からの思いもよらない行為に混乱し、どうやって、何故ホテルまで行ったのか記憶が蘇らないことに、ひたすらとまどった。

何が起こったんだろう。真っ白になった頭の中では出口を探して、同じ思いがぐるぐるとまわっていた。両親にはすでに、TBSのワシントン支局にプロデューサーとして勤めることになりそうで、あとはビザの話をするだけだと報告していた。その後の進展について知らせなければならないが、このことはとても相談できないと思った。

ただただ混乱の中、静かな部屋に丸まっているだけであった。

七時か八時頃、突然携帯電話が鳴った。慌てて応答すると、それは山口氏からだった。まだ番号を登録していなかったため、誰だか確認もせず反射的に出てしまったのだ。彼は、それまでとまったく変わりないビジネス口調で言った。

「ここに黒いポーチがあるんだけど、忘れ物じゃない？」

荷物はすべて持っています、と答えると、

「そう、じゃあ別の人のかもしれない。ビザのことで連絡しますから、またね」

何事もなかったかのように、かつてと同じ上下関係で連絡してくる相手に対し、私も思わず、これまでと同じ立ち位置で対応してしまった。

「はい、わかりました。失礼致します」

その時、私は何を考えていたのだろうか。

山口氏はTBSのワシントン支局長だ。その上、長い間政治の世界で仕事をしてきたため、有力な政治家たちだけでなく、警察にも知り合いが多いと聞いていた。

それだけではない。私が毎日通って働いていたロイター通信の主な業務は、マスコミ各社への情報配信だ。もちろんTBSは大事なクライアントで、しかもロイターのオフィスは、赤坂のTBS本社のすぐそばにあった。

もし私が一人で警察に相談したり、彼を告発したりしたら、果たしてこの先、同じ業界で仕事を続けることができるのだろうか。TBSが山口氏の盾となり、逆に名誉毀損で訴えてくるかもしれない。そうなったら、一体どうやって身を守ればいいのだろうか。ひたすら怖かった。

それまでに何度かのぞき見た日本の報道現場は、完全な男社会だった。

私が甘いのかもしれない。こんな風に踏まれても蹴られても、耐えるべきなのかもしれない。そのくらいでなければ、この仕事は続けて行けないのかもしれない。魔が差したように、そんな考えが頭をよぎった。

しかし、そんなことを受け入れていたら、自分を失ってしまっていただろう。

体のあちこちが痛むたびに、身も心も傷ついた自分自身を意識しないわけにはいかなかった。気持ちは常に揺れ、落ち着いて考えをまとめることはできなかった。

そんな時、妹から連絡が来た。

その日は土曜日で、妹から当時人気のカフェに連れて行って欲しいと頼まれていたのだ。今電車に乗ったという連絡だった。こんな抜け殻状態の私を見せて、彼女を心配させるわけにはいかないと思った。今日は事件のことは考えないようにしよう、あくまでも予定通りに、何事もなかったように過ごせば、本当にこれは悪い夢だったことになるのではないか、そう思った。それが精一杯だった。

今から思えば、そうしなかったら私はあの日、生きていることができなかったのだ。

妹が来るまでに病院へ行こうと思った。妊娠の可能性が気になって、とにかくモーニングアフターピルをもらいたかったのだ。

まだ時間が早かったので、病院が開くまで少し休もうと思ったが、その後はまったく眠ることができなかった。

気付けば、また放心状態になっていた。そうしているうちに、何も知らない妹が到着してしまった。ベッドから出たくない気持ちがほとんどだったのに、彼女の前ではしっかりしなきゃ、さとられてはいけないと、必死に取り繕った。

いつもと変わらない調子の妹を眺めながら、この子に同じことが起こってしまったらどうしよう、と恐怖に襲われた。私でよかった、と思った。

妹に、どこか近所の店で洋服でも見ていて、と声を掛け、一番近くにある産婦人科へ出かけた。そこは、結婚前に診察を受けるブライダルチェックをメインにした小綺麗な病院だった。受付を訪ねたところ、予約が無いと診察できない、という返事だった。

とにかく緊急なので、モーニングアフターピルだけでも処方して下さい、と必死で頼み、何とか診察室に入ることができた。

対応してくれたのは、四十歳前後のショートカットの女医さんだった。

「いつ失敗されちゃったの？」

そう淡々と言い放ち、パソコンの画面から顔も上げずに処方箋を打ち込む姿は、取りつく島もなかった。私の精神状態のせいもあったのかもしれない。しかし、もしもあの時、目を合わせて、

「どうしましたか？」

と一言聞いてもらえたら、その後の展開はまったく違っていたのではないか。そう思ってしまうのは、私の甘えだろうか。

緊急で次の朝までにもらうピルが、モーニングアフターピルだ。だからこそ、この段階で被害を表面化できるチャンスはある。簡単な質問でいい、ここで救われる人がいることを考えてチェックシートを作り、モーニングアフターピルを処方する際に書き込んでもらうようにしたらどうだろうか。婦人科にもレイプキット、つまりレイプ事件に必要な検査が受けられる証拠採取の道具一式が用意してあったら、早い段階で対応ができるだろう。

検査や相談の窓口がない

この時の私は、予約外でピルをもらえただけでも、感謝すべきだったかもしれない。しかし、身も心も最大のダメージを受けている時、自力で適切な病院を探さなければな

らない困難は、計り知れないものがあった。

その後、他の検査や相談をしたいと思い、ネットで調べて、性暴力被害者を支援するNPOに電話をすると、

「面接に来てもらえますか？」

と言われた。どこの病院に行って何の検査をすればいいのかを教えてほしいと言ったが、話を直接聞いてからでないと、情報提供はできないと言われた。

この電話をするまでに、被害に遭った人は一体どれほどの気力を振り絞っているか。その場所まで出かけて行く気力や体力は、あの時の私には残されていなかった。そうしている間にも、証拠保全に必要な血液検査やDNA採取を行える大事な時間は、どんどん過ぎ去っていた。当時の私には、想像もできなかった。この事実をどこかで知っていたら、と後悔している。

電話での問い合わせに対し、簡単な対処法さえ教えないのは、今考えても納得できない。公的な機関による啓蒙サイトを作り、検索の上位に上るようにするだけでも、救われる人はいるのではないか。

外で飲んで、と言われて診察室で受け取ったモーニングアフターピルを服用し、妹が行きたがっていたおしゃれなハワイアンのカフェに彼女を連れていった。それから、

「お姉ちゃん疲れたから、ちょっと家で休んでいい?」と頼んで部屋へ戻ると、妹が傍にいてくれたせいか、あるいはピルのせいなのかはわからないが、思ったよりも長く眠り込んでしまった。

妹は何も言わずに、私が起きるまで宿題をしながら待っていてくれた。その日の夜は、彼女も交え、友人とお花見に行く予定になっていた。本当は出かけたくなかったし、出かけられる状態ではなかったが、全部予定通りにしないと、何かが壊れそうで怖かった。立ち止まってしまったら、事件のことを考えてしまう。それが怖かった。

この時点では、強制的に性行為が行われていたことはわかっていても、それがレイプだったと認識することができなかった。普通に考えればそうだったのだが、この時の私はどこかで、レイプとは見知らぬ人に突然襲われるものだと思っていたのだろう。そしてどこかで、レイプという被害を受けたことを、認めたくなかったのだと思う。

少し勉強してから行く、という妹を部屋に残し、私は友人との待ち合わせの場所に出かけた。後に妹とも合流し、帰宅したのは十二時前だった。

右膝が激しく痛み、歩けないほどになっていた。翌日は日曜日だったので、月曜日まで病院へ行くのも待たなければならない。

会食と膝の痛み

日曜日には、親友のKとその家族と一緒に、食事をする予定になっていた。どうしても来てほしいと数ヶ月前から頼まれていた。家族に大事な話をするので、私がいたら場が和むからと、お願いされていたのだ。出かけられる状態ではなかったが、Kに嘘をつくのも嫌だったし、理由を言って断ることもできなかった。彼女から事件時もその直後にも、電話やメールで何度も連絡が来ていたが応答することができなかった。

当日の午後、ようやくKに、「食事会にはちゃんと行くから心配しないで」と告げた。その場を何とかやり過ごし、食事が終わった。お店は二階にあり、私は膝が痛くて、なかなか階段を下りることができなかった。

階段を降りる姿と、どこか上の空の私の様子を心配した彼女は、レストランから近い彼女の家族の家に泊まるよう、勧めてくれた。そして、次の日の朝は会社を休んで膝を診てもらうようにと言ってくれた。

一人になることが怖かったので、彼らの家で一晩過ごせたことは救いであった。一人で考えていると、妊娠と感染症に対する不安で、気持ちは追いつめられるばかりだった。それに、パソコンで撮影されていたかもしれないことも心配だった。

その時ふと、デートレイプドラッグのことを思いついた。ニューヨークでは「飲み物から目を離すな」と言われるが、これは犯罪から身を守る上での常識だった。まさか、安全だと思い込んでいた日本で、そんな目に遭う可能性があるとは想像もしていなかったのだ。

インターネットでアメリカのサイトを検索してみると、デートレイプドラッグを入れられた場合に起きる記憶障害や吐き気の症状は、自分の身に起きたことと、驚くほど一致していた。

抑えきれない不安から、看護師をしている幼馴染のSにラインで、「話したいことがある」とメッセージを送った。何も知らない彼女は、海外暮らしから日本に帰ってきたばかりであったため、「せっかくだから家具を選ぶのを手伝って」と言うので、買い物につきあうことになった。

翌日の月曜日、Kの勧める近所の整形外科を訪ねた。ここでも私は医師に、知人にレイプされた、とは言えなかった。「仕事でヘンな体勢になったので。昔、バスケをやっていたから古傷かもしれません」と曖昧に説明した。

「凄い衝撃を受けて、膝がズレている。手術は大変なことだし、完治まで長い時間がかかる」

診察した男性の医師は、そう言った。

痛みが治まらなかったら手術の可能性もあると言われ、その日は電気を当ててもらっただけで治療は終わった。

それから数ヶ月間、サポーターをはめて過ごすことになった。今でもこの膝が痛む時があり、そのたびに悪夢を思い出す。身体中が冷たくなり、恐怖と無力感に襲われる。戻ってKに、「理由はわからないけど」と言いながら、診察結果を報告した。彼女には何でも話せるはずなのに、前日の食事会がうまくいって幸せそうな彼女たちの前で、この話を持ち出すことはできなかった。

それから、幼馴染のSに会った。看護師の彼女は、膝が痛いという私の話を聞き、一緒に薬局でサポーターを選んでくれた。

お昼ご飯を食べに入ったカフェで、いつもと違って元気のない私を心配し、普段は私が話すのをおっとりと聞いてくれる彼女が、

「どうしたの？　何があったの？」

と何度も聞いてくれた。しかし、何があったのか、なかなか言葉にすることができなかった。

「大丈夫だから、ゆっくり話して」

と言われ、この時に私は彼女に初めて、つっかえながら事件のことを打ち明けたのだった。

真っ青になるほど握ってくれていた彼女の手が、冷たくなった。そして、私と一緒に泣いた。初めて自分の置かれた状況を言語化し、人に話した。この時が、事件以来初め

て涙がこぼれた時であった。その前の二日間はひたすらショックで、何が起こったのか理解することすら恐ろしく、感情が出てこなかったのだろう。

のちに彼女に、当時私が何を話したのか覚えているかと聞いた。彼女はすべて鮮明に覚えていた。その時私は震えて血の気が引き、汗をかいて手が冷たくなっていたそうだ。彼女自身も、私の身に起きたことが受け止められなかった、と言った。

何よりも、彼女は私が初めてお酒を飲んだ日にも一緒にいた幼馴染だ。私の飲める酒量や酒席での様子もよく知っていた。彼女は、私がたった数杯と二〜三合のお酒で意識を失うことはあり得ない、と強く言った。また、私の性格からも、目上の人と仕事の話をする席で、私がそこまでお酒を飲むとは思えない、と。

彼女も私と同じ時期にニューヨークに住んでいたことがあった。「デートレイプドラッグの可能性はあるかな」と言う私に、彼女は「あるかもしれない」と同意した。

そして、いつもそうしてくれるように、これからどうするべきか、親身に考えてくれた。その後、警察に行った時も、深夜に一人暮らしの自宅へ帰るのが怖くなった私を駅まで迎えに来て、実家まで送ってくれた。

しかし、彼女もレイプ事件に遭遇したらどうすれば良いか、という知識を持ち合せていなかった。私たちは、誰からもそういう教育を受けてこなかった。そしてそれ以上に、政治と深く繋がっている人物を告発した時に、警察や司法が本当に守ってくれるのかわからず、二人とも恐れていたのだと思う。

彼女は、デートレイプドラッグだったとしても、一回の使用ではすぐに体内から出てしまうと言った。私は「とにかく、早くその場から離れたくて飛び出してしまったけれど、ホテルから一一〇番すべきだった」と後悔した。今からでもすぐ警察へ行くべきかどうか、二人で悩んだけれど、結論は出なかった。

何のためのジャーナリストか

山口氏から、ビザに関する連絡は来なかった。

その夜、山口氏にメールを送った。忘れたい気持ちがあり、これはすべて悪い夢なのだと思いたかった。まだ体の痛む箇所もあり、混乱する頭も麻痺しているようだった。私さえ普通に振る舞い、忘れてしまえば、すべてはそのまま元通りになるかもしれない。苦しさと向き合い戦うより、その方がいいのだ。と、どこかで思ったのだろう。

「無事ワシントンへ戻られましたでしょうか？

VISAのことについてどの様な対応を検討していただいているのか案を教えていただけると幸いです。」S 2015-4-6 23:01

しかし、返信はなかった。そもそも、プロデューサー職に内定していた事実さえなかったのかもしれない、と、この時初めて気づいた。考えたくもなかった。最初から仕事仲間になるということではなく、どうにでもできる「モノ」のように見られていたのではないか。

悔しくて、悲しくてたまらなかった。

考えてみれば、起こったことを無視して忘れるなど、できるはずがないのだ。飲み込んでしまおうとした塊は消え去るどころか、次第に大きく膨れ上がって私を苦しめた。仕事に出かける気力もなくなり、膝の怪我を理由に会社を休んだ。何よりも辛かったのは、ジャーナリストという、事実を伝えていく仕事で生きていこうと決意したのにもかかわらず、自分の中で忘れることができるわけもない事実に、蓋をしようとしていたことだった。

私は何のために、この仕事につきたいと願ってきたのか。自分の中で真実と向き合えないのであれば、私にこの仕事をする資格はないだろう、と思った。

たとえ志していた業界で働けなくなっても構わない。信念をもって生きていかないのなら、どんな仕事をしたって、私は私でなくなってしまう。

私はようやく、警察へ行って相談してみようと決心した。

ちょうどその頃、私は日曜日に会食したKと、もう一人の友人R宅へ出かける約束をしていた。KとRは終始ボンヤリしている私の様子を、ずっと心配してくれていた。近所のコンビニに買い物に行った時、私は手に持っていた春雨スープのカップを取り落としてしまった。そして、カップにお湯を入れるだけの単純な作業さえうまくできず、見かねた友人のRが手伝ってくれた。

Rの家で一通り彼女たちの近況を聞いた後に、私は、「準強姦にあったかもしれない」と話した。この時には自分でいろいろ調べて、自分の身に起きたのは「準強姦」事件なのではないか、と思っていた。「準強姦」罪とは、主に意識の無い人に対するレイプ犯罪のことだ。

彼女たちはとても驚き、最初はどういうことかわからなかったようだったが、私が山口氏との間に起きたことを一通り話すと、「このままにしてはいけない」と強く言った。

原宿署へ出かける

Rは、以前セクシャルハラスメントを受け、会社を辞めた経験を持っていた。彼女は自力で相手から謝罪の言葉を勝ち取っていた。しかし、彼女にハラスメントをした人は、一度認めて謝罪したのに、裁判ではそれを覆した。こういう場合、相手に非を認めさせるのがいかに大変か、彼女はよくわかっていた。

彼女たちの勧めでその場で山口氏にメールを送り直すことにした。しかし、その時私はもう、山口氏のことを思い出すのも苦痛になっていたので、それから山口氏に送ったメールの数々は彼女たちが中心になって素案を考えてくれた。

原宿署に一人で出かけたのは、四月九日の夕方だった。事件から五日が経過していた。当時住んでいた家から一番近かったのが、そこを選んだ理由だ。

絶望のどん底で、不安を胸に一杯抱えて警察の門をくぐった日のことを、今でも忘れない。

受付カウンターへ行くと、他に待合者がいる前で、事情を説明しなければならなかった。簡単に事情を説明し、「女性の方をお願いします」と言うと、カウンターでさらにいろいろ聞かれた。うまく伝わらないので「強姦の被害に遭いました」と言うしかなかった。もう少し配慮が欲しいと思った。

女性の警察官は、別室で二時間ほど私の話を聞いてくれた。そして、「刑事課の者を呼びます」と言った。その時初めて知ったが、彼女は交通課の所属だったのだ。すでに二度と口にしたくないような内容を伝え、恐怖を思い出し、ひどく泣いて過呼吸のような状態になってしまっていた。頭は酸欠のようにぼーっとしていた。帰りたかったが、帰れなかった。

それから刑事課の男性捜査員に対して、また二時間以上同じ話を繰り返した。初めて事件の詳細を警察に話すことはできたが、これはほんの始まりに過ぎなかった。それから私は一体何回、同じ話を繰り返すことになっただろう。

それでも、原宿署の捜査員は話を聞いた上で、「被害届を出して事件にするべき」と言ってくれた。事件が起きた場所から、これは高輪署の管轄になる、と説明され、次回は原宿署に高輪署の捜査員が来てくれることになった。話が終わって警察を出た時は、夜の十時を回っていた。一人でアパートに帰ることが怖かった。

そんな時、心配した看護師の幼馴染のSが駅まで迎えに来てくれたのは、前に書いた通りだ。彼女にひと通り警察での話を報告した後に、実家に帰ることにした。

何も知らない両親に対し、どんな顔で接すればいいのかわからなかった。

「よくある話だし、難しいですよ」

それから二日後、四月十一日に、再び原宿署を訪ねた。原宿署で会ったのは、この事件を担当してくれる高輪署の捜査員、A氏だった。ここでまた、最初から事件の説明をした。A氏の応対は、原宿署の捜査員より、ずっとハードだった。

「一週間経っちゃったの。厳しいね」

いきなりこう言った。そして、

「よくある話だし、事件として捜査するのは難しいですよ」

と続けた。やっとの思いで警察を訪ね、スタートラインに立てたと思っていた私にとって、それはあまりに残酷な言葉だった。私はこの事件を「よくある話」と聞いてゾッとし、そんなに簡単に処理される話なのかと呆然とした。

「こういう事件は刑事事件として難しい。直後の精液の採取やDNA検査ができていないので、証拠も揃わなくて、かなり厳しい」

と繰り返すA氏に対し、

「ホテルがわかっているのだから、防犯カメラだけでも調べて下さい。映像の保存期間が過ぎてしまう前に行って下さい」

と私は懇願した。この話を聞いた友人たちはみな怒り、警察への不信感を持った。

警察に行ったからには、家族に話さなければいけなかった。第三者から家族に伝わることだけは嫌だった。自分の口から伝えなくてはと決心したものの、どう切り出したらいいのか、わからなかった。かなり抵抗はあったが、特に妹には伝えたいことがあった。

このような被害に遭ったらまずお姉ちゃんに連絡して、警察に行ってレイプキットで必要な検査をし、そして、それからその先を考えよう、と。それが私がここまでの経験から得た教訓だった。

病院もホットラインもあてにならなかった。私はかなり遠回りしてしまった。警察に行くのに、五日も要してしまったのだ。そして、それが間違いだったことに気づいた時は遅かった。

私はわりとなんでもオープンに話せるタイプの人間だと思う。それでもこの行動を起こすまでに時間を要した。もし、妹が病院やホットラインで私と同じような体験をしたら、おそらく助けを求めることをやめてしまうだろう。

ようやく決心した時、彼女は私の話を黙って聞いてくれた。そして、「もしも何かあったらお姉ちゃんがいるからね、話してくれるだけで、あとは何も心配しなくていいから」と伝えると、静かに頷いた。

同じ日に、両親に話した時の反応は、見ていて苦しいものだった。細かいところはすべて避けながら、淡々と起こった事実を私は伝えた。それでも母は怒りに震え、

「奴を殺しに行く」

と言った。父は私に怒りをぶつけた。

「なんでお前はもっと怒らないんだ。怒りを持て」

なお、母のこの発言を脅迫と取らないでいただきたい。もちろん犯罪に手を染めることは、私をより苦しませると母は知っている。そしてそれが何の意味もないことも。ただ、ここでは彼女の母親としての心情、発言を、そのまま書かせていただきたかった。

怒りに使うエネルギーはない

不思議なことに、私はこの当時から相手に対し、怒りという感情を持つことができなかった。怒り、不満といえば、その後の警察やホットライン、病院の対応に向けられた。父の言葉に、ある警察官に言われたことを思い出した。

「もっと泣くか怒ってくれないと伝わってこない。被害者なら被害者らしくしてくれないとね」

その後、精神科の先生に伺ったのだが、虐待された子どもは自分の受けた傷について話すときに、友達について話すような態度を取るそうだ。解離するのだ。

それが私に起こっていたことかはわからないが、怒りにエネルギーを使うことなど、私にはできなかった。捜査への協力、事実を落ち着いて正確に繰り返し伝えること、集中してやらなければいけないことがたくさんあった。

そうすることが精一杯だったのだ。感情をむき出しに毎回話していたら、身も心ももたなかった。この時はひたすらに、捜査に耐える精神力が必要であった。

山口氏にメールは書き続けた。警察に行っていると、さとられたくなかったのだ。文面は、前述のように友人たちが考えてくれたが、彼女らは、今はなるべく下手に出て、謝罪の言葉を引き出すべきだ、と言った。

そこで、まずは罵声を当時浴びせたことを謝りながらも、今の混乱の状況を伝えることにした。

メールを送ると、山口氏からすぐに返信があった。

「罵声浴びた記憶はないけどな。

今ニューヨークのTBSインターナショナル本社と、あなたを雇用するにはどういうパターンがありうるか検討してます。最初からプロデューサーとして雇うには、支局のスタッフを増やす事になるので新たに予算をつける事になります。インターンとして仕事を始めてもらうなら、ハードルは下がります。

VISAについては、プロデューサーとしてVISA取得を支援するには、一旦こちらに来て正式な面接を受けてもらう事になります。実質的にはそのまま合格なんですが、その後一旦東京に戻ってアメリカ大使館でパスポートにVISAを貼付してもらわなければなりません。インターンの場合は、面接は不要だそうです。これも給与を支払うか支払わないかを基準にしたアメリカの法律の違いだそうです。

いずれにしても、現在ニューヨークの新しい社長と交渉中です。今しばらくお待ち下さい。」Y 2015-4-14 19:18

今までと変わらず、ビジネスライクに仕事の話だけを書いてきた。状況を認めた謝罪の言葉がなかったのは残念だった。

ホテル入口の映像

四月十五日に、捜査員A氏と、シェラトン都ホテルを訪ねた。近づきたくもない場所だった。部屋があった二階の廊下には、たまたま防犯カメラがないとのことで、ホテル入口の映像を確認した。たまたま客室の廊下のカメラがないなんて、外資系のホテルでありうることなのだろうか?

確認した映像には、タクシーから降りる山口氏の姿が映っていた。しばらくそこに立っていた山口氏は、やがて上半身を後部座席に入れて私を引きずり出した。そして、歩くこともできず抱えられて運ばれる私の姿を、ホテルのベルボーイが立ったまま見ていた。

記憶にはない自分の姿に、私は鳥肌が立ち、吐き気に襲われた。怖かった。

この映像を見て、初めてA氏は事件性を認めたようだった。しかし、それでもA氏は言い続けた。

「相手は有名で地位もある人だし、あなたも同じ業界で働いているんでしょ。この先この業界で働けなくなるかもしれないよ。今まで努力してきた君の人生が水の泡になる」

A氏は繰り返し、私の将来について懸念する言葉をかけ、被害届の提出を考え直すように言った。

その後、高輪署でもう一度、確認のためにこのビデオを見なければならなくなった。怖くてもう一度見る自信がなかったので、Kにお願いして、一緒に来てもらった。「取調室には一緒に入れません」と再三言われたにもかかわらず、「何も口を出さないので」と強く言って、彼女は同席してくれた。彼女もまた、今まで見たことがないほどぐったりして抱えられていく私の映像に戦慄し、吐き気を催したそうだ。

入口のカメラの次は、ホテルのロビーを横切る映像になる。山口氏に抱えられた私は足が地についておらず、前のめりのまま、力なく引きずられ、エレベーターの方向へ消えて行った。

最後の映像は、明け方に私がうつむきながら、足早にホテルを去って行く映像だった。

DNA鑑定を試みる、とA氏に言われたが、着ていたものはすべて洗ってしまっていた。一応、当日着ていたものを揃えておいたが、なぜかブラだけは見つからなかった。探してみると、脱いだ時に服を置いた棚の脇にすべり落ちているのが見つかった。これだけは洗っていない状態で見つかり、期待がもてた。

先日の返信に対する返事を送らずにいたら、二日経って山口氏からまたメールが来た。

「メール届いた？読んだ？
我々の仕事では、業務に関する連絡は即座にきちんと反応する事がとても大切です。詩織ちゃんを雇用するためにかなりいろいろな工夫をしているだよ（原文ママ）。反応がないともうやる気がなくなっちゃったのかなとも思います。やる気がなくなったならそれはそれで連絡するのがマナーだよね。」Y 2015-4-16 11:13

警察との打ち合わせを先に進めようと思い、返信を控えていると、またメールが来た。

「あなたの雇用について少し進展がありました。まだやる気があるかどうかだけでも返信を下さい。」Y 2015-4-17 2:00

これ以上放っておいて警戒させるわけにはいかない。連絡できない理由を作って返信した。

「ここ数日入院していたので連絡出来ませんでした。
進展とはどういうことでしょうか？」S 2015-4-17 19:50

実際、入院はしていなかったが、私はこの日、家から一時間半かけて、江戸川区にある性暴力の被害者に前向きに対応しているという婦人科を訪ねていた。予約して行ったのだが、「性暴力被害」重視というからには、適切な応対をしてくれるのではないかと思っていた。しかし、その期待は裏切られた。

小さな部屋に連れて行かれ、カレンダーを見ながら機械的に看護師からの質問が繰返される。まるで取り調べのようであった。

一通り答え終わった後は、座ると自動で足が広げられていく椅子に座り、椅子が高くあげられ、先生に検査される。この短期間に、知らない人たちに一番プライベートな場所を見られた。屈辱的であったが、どうしてもやらなければいけない検査だった。

ライトを当て診察を終えた先生は、「よかったね、大きな傷はないよ。傷ついてない」と言った。そして、事件から時間が経ちすぎたのだ、と言う。この部分の傷は治りやすいのだそうだ。「傷ついてない」という言葉が産婦人科医としての診断だったのはわかっていたが、その言葉と私自身の実際の状態は、到底釣り合うものではなかった。

それからまた、「眠れているか？」というような項目を順を追って聞かれた。

睡眠薬を処方され、検査結果は後日受け取ることになり、帰宅した。

「職権を使ってあなたを口説いたり言い寄ったりしましたか？」

山口氏から返信が来た。

「入院していたとの事、大丈夫ですか？

進展とは、大統領選に向けて支局スタッフを一名増員する事が認められる方向だという事です。どのような人材をどう取るかはこれから検討されます。」Y 2015-4-17 20:49

被害届が受理されると、捜査が始まる。警察が山口氏から話を聞く前に、メールで事実関係を認めさせたい、と私たちは考えた。今まではまだ、山口氏はメールに仕事の話しか書いていない。また、海外にいる山口氏に警察がいつ聴取を行えるのか、わからなかった。時間が経ったら忘れた、と言うかもしれない。

捜査が始まったら、山口氏は真実を伝えるだろうか。メールでレイプを認めるかどうかはともかく、謝罪の言葉だけは聞いておきたかった。友人に相談しながら、次のような文面を作った。

「今回山口さんと帰国した際にお会いしたのは新規のプロデューサーとして採用、ないしフリーとして契約をしたいので残りの問題のＶＩＳＡの話をしようとお誘いいただいたからですよね。

なのに意識の無い私をホテルに連れ込み、避妊もせず行為に及んだあげく、その後なにもなかったかのように電話でビザの手続きをするといってきたり、この度（原文ママ）に及んでそのようなあやふやなご返答をされるのは何故ですか？

この状況を考えると、まるで山口さんが仕事の話を持ち出してこのような機会を伺《ママ》っていたように思えてしまいます。

既に家族にも山口さんの話をし今回の雇用のお話を告げていたので、その後の進展を聞かれるたびに何と答えたらいいのか返答に困っています。

（中略）

今まで言った言葉が本当であるなら誠意のある対応をしてください。また前回のメールでもショックだったと伝えたのに謝罪の言葉がないのはどうかと思います。そして医療費も負担してください。」S 2015-4-18 20:36

一時間ほどすると、返信があった。

「あなたがそういう風に受け止めていたとは知りませんでした。

あなたは私が強制したわけでもないのに自ら進んで飲んで泥酔し、タクシー内や私のスーツや荷物に嘔吐して正体不明となりました。路上に放置するわけにもいかないから、やむなく逗留先に連れて行ったんだよ。ホテルの部屋でもトイレでも嘔吐し、それを全部片付けたのは私です。私の重要な公的書類にも嘔吐されたので、それを再発行するのに手間とコストがかかりました。

あなたが普通に食事して普通に帰ってくれたら何も起きなかった。私だってこれから一緒に働こうという人に、最初からそういう意図で接するはずがありません。私が一度でも、職権を使ってあなたを口説いたり言い寄ったりしましたか？一切していませんよ。単純に自分が被害者で私が加害者だというなら、私がそもそもそういう悪意を持っていたと考えるなら、とても残念な事です。

それから、あやふやな対応って何ですか？あなたの熱意とやる気を高く評価して、いろいろな作業を続けています。海外支局のスタッフを増員するというのは、この時節非常に難しい事です。

あの夜の事でコストがかかっているなら、それはそれで考えます。しかし、自らの行動も振り返ってみて下さい。冷静にやり取りが出来るなら、もう一度メールを下さい。」

Y 2015-4-18 21:50

自ら進んで飲んで泥酔した覚えはなかった。しかし、このメールに書かれた内容の中で、私にとって最も重要だったのは、

「私が一度でも、職権を使ってあなたを口説いたり言い寄ったりしましたか？一切していませんよ」

という言葉だった。仕事の口利きをしてもらうために、自分でホテルまで付いて行ったのではないか、と、誰かに邪推されるのは何よりも嫌だった。人を紹介してもらったり、仕事の口利きは頼んだが、私は一度として、そんなつもりで山口氏に会ったことはない。

山口氏が自らそれを認めたことは、重要な事実であった。私はここで、もう一度問題を絞って謝罪を要求した。

「冷静にお話がしたいと思っているのでこのようにメールしています。
介抱してくださったというのであれば、その点については感謝します。
ですがそんな意識不明の私に避妊もせずに行為に及び、それ以降私は妊娠したらどうし

ようという不安の中にいます。
山口さんは私が妊娠した場合のことをお考えですか？
私はこれから一生懸命仕事をしていこうと思っていた中、今は妊娠してしまったら働けなくなってしまうという恐怖でいっぱいです。」S 2015-4-18 22:44

それはまったく偽らざる本心だった。モーニングアフターピルは事件から数時間後に処方してもらってはいたものの、想定していた月経の日を大幅に過ぎていたのだ。ピルは一〇〇％妊娠を防げるものではない。

すると、一時間ほどで返信が来た。

「あなたはあの夜私の部屋に入ると、部屋の二カ所に嘔吐した後、トイレに駆け込みました。私は私のスーツケースの中やパソコンに吐きかけられたゲロを袋に片付けて濡れタオルで拭いて、トイレにあなたを見に行くと、あなたは自分がトイレの床に吐いたゲロの上で寝込んでいました。私はあなたをゲロから剝がして、ゲロまみれのあなたのブラウスとスラックスを脱がせ、あなたを部屋に移してベッドに寝かしました。そしてトイレに戻って吐き散らかされたゲロをシャワーで洗い流して、最もゲロが多く付着していたブラウスを、明朝着るものがないと困るだろうと思って水ですすいでハンガーに干しました。そして部屋に戻るとあなたはすでにいびきをかいて寝ていました。私はあなたの髪の毛などについた嘔吐臭が耐えられなかったので別のベッドで寝ました。

その後あなたは唐突にトイレに立って、戻ってきて私の寝ていたベッドに入ってきました。その時はあなたは「飲み過ぎちゃった」などと普通に話をしていました。だから、意識不明のあなたに私が勝手に行為に及んだというのは全く事実と違います。私もそこそこ酔っていたところへ、あなたのような素敵な女性が半裸でベッドに入ってきて、そういうことになってしまった。お互いに反省するところはあると思うけれども、一方的に非難されるのは全く納得できません。

あなたが妊娠するという事はあり得ないと考えています。でも、あなたが不安なのはわかりましたから、こちらで出来る事は喜んでします。しかし、問題に対処するには、一方的な被害者意識を改めてもらいたい。」 Y 2015-4-18 23:51

　事実関係について、細かい話になってきた。また、私の記憶にない時間帯のことが書かれていた。だが、山口氏はアメリカにおり事情聴取にすぐ取りかかれない状況だったので、彼の記憶が薄れる前に、もしくは言い訳が今後変わらないように、この話をメールで聞くことは重要だと思った。

また、「嘔吐臭が耐えられなかったので別のベッドで寝た」とあるが、私は彼の話す「別のベッド」が、ベッドメイキングされ、カバーがかかったままの綺麗な状態だったことを、はっきりと記憶していた。

セクハラで退社した友人Rが、弁護士などに相談できる「法テラス」について教えてくれたので、無料相談をしてみることにした。

四月二十三日、弁護士と面会した。ここでもまた一から事件の説明だった。それまでやりとりしたメールも見せた。

初めて弁護士に相談し、いくつかの問題点を整理することができた。ここで教えてもらったのは、

・準強姦事件の証明に必要な争点は二点。性交したか。合意の上かどうか。

ということだ。合意の上ではないことを証明するために、ホテルの防犯カメラの映像は、大事になってくる。今後のことを考えると、入手しておいた方が良い、というアドバイスだった。

ただし、被害者であっても警察が押収した映像は借りられず、ホテルから直接貰わな

ければならないそうだ。どのような手続きをすれば映像を出してもらえるのか、わからなかった。

私が被害届を出さなければ、警察は映像を保管する義務はなくなる。こんなにすぐに、「合意の上ではない」ことを証明する一番大事な証拠が無くなる可能性を考えると、私は不安にかられた。

とにかく、急いで被害届を作成してもらえるところまで持っていかなければならない。また、映像を直接手に入れるために、弁護士にホテルまで一緒に付いてきてほしかったが、確約はもらえなかった。無料相談である以上、仕方がないのかもしれなかった。弁護士からは、メールのやりとりは参考にはなるが、現状では直接的な言葉がない、と言われた。

四月二十四日、もう一度論点を絞ってメールを送った。

「まだ生理が来ていないので不安で仕方ありません、寝ても覚めてもこのことで頭がいっぱいです。何故妊娠することはあり得ないなどと言えるのですか？理由を教えてください。」S 2015-4-24 11:48

「何時何分か言えますか？」

山口氏からの返信は、すぐには来なかった。

四月二十七日。担当捜査員のA氏から連絡があった。ホテルの防犯カメラ映像を見てからは、多少は前向きに対応してくれていたA氏の態度はこの日一変し、

「逮捕はできません。証拠がないため厳しい」

と断定的に言った。

証拠がないとは、DNAのことだろうか。それなら、ブラのDNA検査はこれからお願いするはずだが、と聞くと、

「それが出たとしても、触っただけで行為があった証拠にはならない、とお話ししましたよね。精液さえない。人ひとり裁くのは、それほど厳しいということ。疑わしきは罰せず、の原則です」

と強い口調で言った。任意での捜査になるので、山口氏がワシントンから帰って来なければ事件は放置される。我々はワシントンへ出かけることはできない、とA氏は言った。

そのすぐ前に、産経新聞社発行の「夕刊フジ」に、山口氏が東京の営業職に左遷になったという記事が掲載された。友人から聞いたのだが、山口氏自らが、キオスクに並ぶ、自分の記事が掲載された「夕刊フジ」の写真をフェイスブックに投稿していたのだ。一

記者の異動が記事になるのも異例だが、ワシントン支局長から営業職への異動も異例だった。

左遷はいつされるのか？　とA氏は聞いたが、いつかはわからないと答えると、不確かな話はやめましょう、と切り捨てた。

パソコンで動画を撮られていたかもしれない件では、逮捕できないのだろうか。そう聞くと、疑わしいだけでは逮捕はできない、証拠があればいいが、記憶すらないのでは、とA氏はまた強く言った。

その強い言い方に驚きながらも、目覚めてからの記憶ははっきりある、と反論すると、

「記憶が戻ったのは、何時何分か言えますか？」

と言った。目覚めたのはホテルを出た時間から逆算して午前五時台であることは確かだったが、逃げることに必死で、意識が戻ったのが何分だったかなど、確認する余裕はなかった。

すると、「記憶は曖昧ではなく、一〇〇％でなければ裁判は維持できない」と鋭く切り返された。そして、「裁判でもし、それまで記憶がなかったのに急に戻るのはおかしい、なぜ何もわからなかったのか？」と弁護人に訊かれたら、どう証明するんですか？と決めつけられた。

私は悔しかった。

なぜ記憶を失くしたのか、なぜ急に戻ったのか、聞きたいのは私の方だった。そして、実際にその疑問があったからこそ、すぐに被害を訴えることができなかったのだ。

最後に、「それでも被害届を出すというなら、それは受けます」とA氏は言った。どうして被害届すら、積極的に受け取ってもらえないのか。私は絶望的な気持ちで電話を切った。

山口氏の左遷で、「行けるかもしれない」

ところが翌日、また急な展開があった。午前中にA氏から連絡があり、彼は「これで行けるかもしれない」と言う。調べたところ、山口氏の左遷は事実だった、十五日間の出勤停止期間中で現在日本にいるらしいので、すぐに任意で取り調べをしたい。早急に被害届を出してほしい、と言うのだった。今まで、被害届を受け取るような姿勢すら見えなかったのに。

そんなに早く、と驚いたが、翌日が祝日であるため、今日でなければまた一日遅れる、被害届がなければ動けないので、とのこと。

しかし、私は昨日のA氏の態度と、今日の「これで行けるかもしれない」という言葉のあまりの違いが引っ掛かっていた。

それに、逮捕と任意の捜査では、ずい分違うのではないか、と思った。

どうしても納得できなかったので、何度もしつこく訊いた。すると、この間、警察の内部で次のようなことがあったとわかった。

私が被害届を出すにあたり、Ａ氏が事前に検察官に報告したところ、かなり否定的な返事をされたようなのだ。

彼の発言を要約すると、こうなる。

「刑事事件の場合、実際に事件を掌握するのは検察官。警察が調べたことを検事に報告し、検事はそれを見て証拠固めの指示を出す。これ以上捜査することはないとなったら、警察は書類をまとめて検察庁に送る。これが書類送検。最終的に起訴するか、しないかの判断をするのは、検察官だ。

その検察官に相談したところ、いきなり、『証拠がないので逮捕状は請求できない。被害者が被害届を出すのは自由だが、任意で呼び出して相手の言い分を聞き、事件として送致して終わりになる』と言われた」

よくよく考えてみると、おかしな話だった。すべての事件について、被害者が被害届を出すかどうか、事前に検事に相談するものなのだろうか？

彼が相談していたという「Ｍ検事」は、ただの検事ではなく、何人かの検事をまとめるポストにいる、という。「検事の中でも上のポストの人に聞いているのだから間違いない」、そんな口調でＡ氏は話していた。

また以前、私がA氏の対応に強く抗議した時、彼は、「私だって板挟みなんですよ！」と苦渋に満ちた声で言ったことがあった。

それでも、何らかの手がかりは得られるかもしれないから、その可能性に賭けて任意で取り調べをしてみる、というA氏の気持ちはありがたかった。しかし、おそらく任意で取り調べをしても、山口氏がレイプを認めるはずはなかった。

私は被害届を出す前に、山口氏に電話をかけてみよう、と決心した。どうしても妊娠の可能性については確認したかったし、いきなり電話をすることで、本音を引き出せるかもしれない、とも思ったのだ。

それは、私にとっては大変な決断だった。当時の私は、山口氏と似たような風貌をした人を見ただけでパニックを起こし、吐き気に襲われるようになっていたのに、本当に話などできるのだろうか？

しかし、今ここでやらなければ一生後悔する。そう思い、Kにも同席してもらって、彼女の家から思い切って山口氏の携帯に電話をした。

応答はなかった。続けてすぐにもう一度かけたが、同じく山口氏が電話にでることはなかった。

しかし、すぐにメールが来た。

「あの携帯は現在私の手元にありません。あと、会社も辞めたので、支局や本社にかけても私にはつながりません。ただ、伊藤さんがワシントンで仕事をするつもりがあるなら、後任の支局長に伝えます。

連絡はこのメールに返信して下さい。よろしくお願いします。」Y 2015-4-28 12:52

おかしな反応だった。携帯に電話をしたらすぐにメールが来たのに、「あの携帯は手元にない」とはどういう意味だろう。明らかに矛盾している。内容としては、前回のメールの質問には答えておらず、また仕事の話をしてきた。

そして、ここには重大な情報が書かれていた。山口氏は「会社も辞めた」というのだ。

午後、A氏から再び連絡があった。

そこで、山口氏が会社を辞めたと言っている情報を伝えたが、A氏からはかえって叱られてしまった。山口氏と直接のやりとりをしないでほしい、というのだ。

「勝手に動かれると捜査がしづらくなる。伊藤さんがしていることは刑事事件としては意味がない。メールの言葉だけでは証拠にならない。直接交渉するのなら警察に相談するのではなく、弁護士とやって下さい」

その通りなのかもしれなかった。しかし、安心して任せていれば良いとも思えなかった。自分で収集できる情報は、できるかぎり収集しておきたかったのだ。

何よりも、私は彼が「妊娠はあり得ない」と言う理由が、どうしても知りたかった。私には記憶がないのだ。そして、何よりも起きてしまったことは、そのまま私の体の問題になった。被害届を出す前が、素直な回答を聞ける最後のチャンスだと思った。

この日、シェラトン都ホテルに、映像のことで連絡を取ってみた。ホテルの防犯カメラは、古いデータを消去しながら新しい映像を撮影するので、一定期間を過ぎるとなくなってしまう。そろそろその期限がくると聞いていたので、気持ちが焦っていた。

対応した保安係の回答は、やはり、裁判所からの要求でなければ映像は出せないとのことだったので、データの保全だけはお願いしておいた。客観的証拠として重要なこの証拠を、確実に手元に置いておきたかったが、「データは保全する」というホテル側の言葉を信じるしかなかった。

被害届と告訴状の提出

四月三十日、高輪署に出向き、被害届と告訴状を提出した。供述調書が必要とのことで、また最初から事件のことを詳しく訊かれた。

記憶がなくなった可能性として、デートレイプドラッグについて調べたことを、私はそれまでにも何度かA氏に説明していた。

実際にそういう名称の薬があるわけではない。使われるのはドラッグストアなどで五ドル以下で手に入る普通の睡眠薬だ。無味無臭で、これをお酒に混ぜて飲ませ、意識を失わせてレイプする事件がアメリカで多発して社会問題になっており、使われるいくつかの睡眠薬、精神安定剤などがまとめてこう呼ばれている。

それを飲むと一時的に意識、または記憶を失くす状態が二時間から八時間程度続き、その間、普通に振る舞うこともでき、時にはハイになり、吐き気を催したりする。本人はそのことを覚えていない。

私はお酒にはとても強い方だ。いつも最後に友人を介抱するのが役目で、お酒、ましてや、あの程度の量を飲んだだけで、意識を失ったことは一度もない。体調も普段と変わらなかった。

この時点でこの話をしても証拠がないと言われるだろうが、この事実をA氏にどうしてもわかってほしかったため、この日もデートレイプドラッグについて、もう一度話した。

時間は経ってしまったが、デートレイプドラッグを使われたかどうか検査できないか、とは最初に会った時から聞いており、この時もまた聞いたが、A氏からは、

「一回の睡眠薬の服用ではほとんど体内に残らず、覚醒剤の常習犯などと違って毛髪にも残らないので、今からやっても意味はない」

と告げられた。

こうして、デートレイプドラッグの使用については、ついに確証を得られないままとなった。

被害届と告訴状にサインした時、私は思った。

警察に行けば事実が自然と明らかになる、警察が調べてくれると、漠然と考えていた。しかし、そうではなかった。何度同じ話を繰り返しても、返ってくるのは「難しいですね」「厳しいですね」という言葉だった。「事実」とは、これほど捉えどころがないものだった。

それでも、一つひとつ、事実を集めて積み重ねていくしかないのだ、と思った。

第4章　攻防

山口氏はどこに

ＴＢＳから警察に連絡があり、山口氏は四月二十七日に、すでにアメリカに帰ったということだった。十五日間の出勤停止なので、五月十四日までが休みで、十五日からまたワシントン支局に戻って引き継ぎを行い、六月十六日に東京の営業部に出勤する予定だという。

ワシントンに日本の警察は聴取に行けない。

この先、山口氏の身の振り方がどうなるのか、予測はつかなかった。営業部員として会社に残るのか、本人の言うように退社するのか。

どのタイミングで任意の取り調べができるのだろうか。Ａ氏の考えでは、聴取は早ければ早いほど良いということだが、このままでは、いたずらに一月半の時間が空費されてしまう。

そもそも山口氏は、「会社は辞めた。会社にかけても連絡はつかない。携帯は無い」と言っているので、連絡のしようがない。

そんな焦りを感じている頃、山口氏がフェイスブックで、「いま私は伊豆の海を見ている」と発信していることがわかった。五月一日付けの「私を構成する要素」と題した投稿に、そう書かれていたのだ。続いて五月三日と四日にも、伊豆の写真つきで投稿があった。

ゴールデンウィークのさ中だった。友人のIと会っている時に、彼女が山口氏のフェイスブックを見てくれたのだ。私自身は、繋がってしまったら困るので、自ら彼のSNSを見ることは避けていた。

その場でA氏に連絡し、本当は山口氏は日本にいるかもしれないので聴取してほしい、とお願いするが、警察はフェイスブックを通じては被疑者に連絡することはできない、メールも無理だ、と言われてしまう。捜査員個人の名義でアカウントを作ることは身元がわかる危険から禁止されており、作れる場合も上層部の判断が必要だ、今は連休中ですぐには結論は出ない、と言う。

「いま本当に日本にいるかわからない。不確かな情報について話すのはやめましょう」

とA氏は言った。

しかし、前回、山口氏が左遷されたという報道が新聞に出た時にも、A氏は同じことを言った。もちろん、人手の問題も含めて捜査に限界があることはわかっているが、このネット時代に、警察が電話以外の通信手段が使えないとは、あまりにアナログな話ではないか。その上このフェイスブックをチェックすることすら、署のパソコンからはできないという。

しかも、電話会社に山口氏の電話番号を照会する手段は郵送で、返事も郵送で行われると言う。これでは連休中のいま、返事がいつになるかわからなかった。逮捕状が出ていない以上、それも仕方がないことなのだが、あまりにもアナログすぎて驚いた。被害者にとっては一刻を争う話であるにもかかわらず、郵送でしか調べられないとは、一体いつの時代の話なのか。

A氏に、連絡先を聞くため、私が直接山口氏に連絡をしても良いかどうか、聞いてみた。

「警察としては、それは大変問題がある。なぜ被害者に直接交渉をさせるのか、と。捜査にも影響があるかもしれないし」

とA氏は躊躇する様子だったが、このままでは、たとえ山口氏が日本にいたとしても、アメリカに帰ってしまうかもしれない。

「確かにそれしか手段がないのかもしれない」

万が一、私が山口氏に直接連絡を取ったことが後で問題になった時には、警察からの依頼であると証言する、とA氏は約束し、連絡することを許可してくれた。

A氏にしてみれば、警察がそのようなことを被害者に頼むのはみっともないことだったかもしれない。しかし、一つひとつの行動に上層部の決裁が必要な警察の捜査で、ゴールデンウィークの合い間に、迅速な方針転換はどうしてもできないのだった。A氏が私の提案を受け入れて、「やってみましょう」と言ってくれたことが、とてもありがたかった。

聞きたくなかった声

その後、弁護士同席で弁護士事務所から、山口氏に次のようなメールを送った。仕事という言葉を入れることに抵抗があったが、山口氏はそれまで仕事に関することしか積極的に答えていない。相手が答えやすい言葉を入れるように、という弁護士からのアドバイスだった。

「妊娠と仕事の事で大至急お話したいので、連絡の取れる電話番号を教えてください。」

S 2015-5-4 11:45

すぐに電話がかかってきた。電話は非通知で、山口氏は携帯が無いので公衆電話からかけている、と言った。伊豆にいらっしゃるのですね、日本にいる間にお会いしたいです、と言うと、明日アメリカに帰るから無理だとのこと。何時の便ですか？　と聞くと、少し間をおき、「朝の便」と言葉を濁された。もう一度こちらから連絡をします、と告げて電話を切った。

それだけで、倒れそうなほど疲れた。あの日から、彼に対してメールを書いただけで、彼の存在を感じ、血の気が引き、吐き気に襲われるのだ。それが今度は肉声を聞くという、もっと強く彼の存在を確かめなければならない作業だった。一分にも及ばない会話だったが、体に力が入らなくなるような感覚になった。聞きたくない声だった。

しかしそれでも、高輪署に行き、A氏のいるところでもう一度連絡を入れようと考えた。もう一度山口氏が出たタイミングでA氏に電話を代わり、事情聴取について話してもらえば、一番話が早い。

すぐにA氏に連絡をした。すると、「いま川に人が落ちたと一一〇番通報があって動けない」、という返事だった。

何というタイミングだろう。代わりの人は一人もいないのだろうか。やっと山口氏が日本にいるという情報を本人から直接得て、次のステップに踏み込めるチャンスが来たというのに。

A氏の他には、このような捜査をしてくれる捜査員は、いなかったのかもしれない。とりあえず、山口氏にメールをした。

「今日は祝日なので病院は空《ママ》いていませんでした。

妊娠の可能性があるので渡航の時期を延ばせませんか？」S 2015-5-4 14:36

弁護士事務所を出て電車に乗り、代々木上原駅を出たところで、また非通知で電話がかかってきた。警察が動かない以上、直接話すべきではなかったので、応答しなかった。しばらくして、メールで返信があった。


「電話をおかけしましたが、お出にならなかったので、またしばらくして掛け直します。

明日の予定はどうしても変更出来ませんが、1週間から2週間程度でまた来日します。

また、どこにいても私の出来る事はなんでもしますので、遠慮なく言って下さい。山口拝」Y 2015-5-4 15:08

その時は、もうこの日は警察は動かないのだろうと確信し、山口氏に電話をしたことで心身ともに疲れ切った私を、Kがピクニックに連れ出してくれたところだった。公園に向かう途中でメールを送った。

「家族と合流してしまったので、電話出来ません。会ってお話したいので、日本に帰ってくる日にちが決まり次第メール下さい。」S 2015-5-4 18:08

二日間、返信はなかった。

そろそろ、警察が捜査していることを、山口氏が耳にするかもしれなかった。ラストチャンスだった。友人と文言を相談して、一歩踏み込んだ内容のメールを送った。

「山口さん、
今までは必死に自分の中の記憶と感情を抑えてきました。

向き合うと崩壊してしまうからです。

ただもう自分自身をコントロールする事が難しくなってきました。

あの夜、山口さんに意識がないまま強制的に性行為を行われ、肉体的にも精神的にも傷つけられました。

あの後、膣は数日間痛み、乳首はかなり傷つきシャワーを当てられないほどでした。膝の関節もずれ今日までサポーターをつけています。そして信頼をしていた山口さんにこの様なことをされ、ショックで夜も眠れず仕事に出れなくなったりしていますが、今後の自分の将来も考え、必死にこのことに蓋をしてきました。でも、現在、生理が大幅に遅れ、妊娠という可能性が大きくなり、現実的な対処に早急に向き合わなければいけない今、山口さんからの誠心誠意のある謝罪、仕事、妊娠に対しての対応を早急にしていただかなければ、もう精神的にも限界で周りに助けを求めざる終《ママ》えません。本来なら既に対応しているべきだと思います。いち早く病院に行って対応しなくてはならない中、1、2週間で帰国すると言っていましたが、早急に帰国をして対応して下さい。また日本で通じる携帯電話を持ってください。こちらから直ぐに連絡出来ないのは困ります。全ての内容に返答を願います。今までのようにメールの内容を無視、否定をされるのはもう限界です。」S 2015-5-6 22:28

一時間もしないうちに、返信が来た。

「あなたが心身ともに疲弊している事についてはとても心配しています。また、近くに相談相手がいない事についても、申し訳なく思っています。私は逃げも隠れもしませんし出来る事はなんでもしますから、まずは落ち着いて下さい。

また、あなたの能力については高く評価していますから、アメリカであなたにふさわしい仕事に就けるよう全力でサポートしたいし、実際にいくつか具体的なポストもオファーが来ています。その段階に進むためには、まずは落ち着いて、いろいろな事に前向きに対処する必要があると思いませんか?

事実認識についても、冷静になって下さい。例えばあなたの膝が痛いのは私のせいですか?あなたは寿司屋のトイレで鍵をかけたまま寝込んでいて、外から鍵を開けた店員さんに助けられたのを覚えていますか?店員さんによれば、便器から崩れ落ちて不自然な形で寝込んでいたという事ですから、その時に痛めたのではありませんか?もし私があなたの膝を痛めるような事をしたと主張するのであれば、どういう局面だったか説明して下さい。いろいろな意味で、まずは冷静になって欲しいと思います。

くり返しますが、私は善意に基づいて、あなたが心身共に楽になるように私の出来る事はなんでもする用意があります。問題を解決するために我々が共同で対処出来るよう、まずは落ち着いて欲しいと思います。

その上で、あなたが私に求めるものを教えて下さい。私が答えるべき全ての内容ってなんですか？あなたのメールではよくわかりません。私は誤魔化したり逃げたりするつもりは一切ありませんよ。あなたもケンカ腰でなく、前向きに整理してわかりやすく伝えて欲しいと思います。」Y 2015-5-6 23:12

翌朝、続けてメールが来た。

「メールでいただいた問い合わせのうち、まず連絡方法について連絡します。

私は現在一時的に日米どちらにも住所がないので携帯の契約が出来ません。何らかの形で携帯を入手し次第連絡します。それまではメールをくれれば、すぐ連絡します。

今までもメールを受け取ったら、すぐメール返信するなり公衆電話を探して電話するなりしています。一昨日も、高速道路を運転中にあなたからメール着信があったので、すぐ高速道路を降りて公衆電話から電話をかけました。あなたは出ませんでしたが。私は誤魔化したり逃げたりしませんし、いつでも連絡はとれますから、安心して下さい。」

Y 2015-5-7 9:33

その日の午後、再びメールを送った。

「日本に帰ってくる日にち、滞在先の連絡先、また現在の滞在先の連絡先を教えてください。一《ママ》早く病院に行った際の対応を取るために。あなたがそこを明確にしていただかなければ私は病院に行けません。

逃げも隠れもしないというのなら、これらの情報開示をし速やかに日本に帰って来て下さい。

私は落ち着いています。レイプされた上妊娠の可能性を持った女子にこれ以上なにを言うつもりでしょうか？」S 2015-5-7 15:38

一時間すると、返信が来た。

「レイプって何ですか？

全く納得できませんね。

法律的に争うなら、そうしましょう。

私は全く構いません。

次の面会には弁護士を連れて行きます。
あなたが準強姦の主張しても（原文ママ）、
あなたが勝つ事はあり得ません。
私にはたくさんの証人がいます。
それでも争うなら、私も準備をします。

前向きにまともに話し合うつもりがあるなら、
話し合えるような態度を取るべきでは
ありませんか？全てはあなた次第です。」　Y　2015-5-7 16:37

この時、私は初めてレイプという言葉を使った。もう警察に行っていることがさとられるのも時間の問題だったので、ストレートにぶつけてみることにしたのだ。この後返信をしないでいると、二十分ほど後にまたメールが来た。

「私はあなたを攻撃したり苦しめたりする意図は全くありません。出来るだけ早くこの事態を乗り越える為に、あらゆる努力は惜しまないつもりです。

ただ、あなたがあくまで私に対して今のような敵意を持ち続けるなら、もはや私には対処の選択肢はなくなります。故ない批判を払拭するためなら、十数ヶ月に及ぶ裁判も受けて立ちます。互いに消耗し傷つく事をあなたが選択するなら。

冷静に前向きに話し合うことは出来ますか？

それなら早期に一時帰国します。」Y 2015-5-7 17:00

この間、私は弁護士と相談していた。弁護士は、こちらから何も言っていないのに、山口氏が「準強姦」という専門的な言葉を使った点に注目した。前述のように、薬や酒などなんらかの原因で意識がなかった場合は、この罪状が適用される。

誰でもが常識として知っている言葉ではなく、記者とはいえ、このケースがそれにあたると山口氏が認識している事実は注目に値した。

それに、メールの返信時間も気になった。その時期のアメリカ時間は、日本時間にマイナス一時間をして昼夜逆転する。日本が昼の十四時なら、アメリカは夜中の一時ということになる。

しかし、こちらの昼間の時間帯にメールを送っても、たいてい一時間ほどで返信があった。

本当は日本にいるのではないか？

このことを、翌日A氏に電話で報告した。するとA氏は、私がメールの文言を弁護士と相談していると言ったことに反応し、

「弁護士と話をしているということは、示談で話を進めたいのですか。それなら警察への相談はやめるという手もあります」

と言った。A氏は検事に相談するが、刑事事件にするのはどうしても限界があると思っている、当初から検事から難しいと言われている、とまた繰り返した。「弁護士に警察がこう言っていたと言ってもいい」とまで言う。そして、

「メールは参考にならない」

とまた繰り返した。

しかし、メールの会話では、明らかな進展があった。また、向こうから「会う時間を調整する」と言われていることを相談しようと思っていた。当然その時は、警察にも聴取してもらえるチャンスだと思っていた。できる限り、捜査への協力をしていたつもりであった。本当であれば、警察が山口氏の連絡先を素早く把握し、連絡しているべきではないだろうか？　どんなに進んでみても消極的、否定的な対応に只々茫然とした。

その日は、警察へ医療費の領収証を持って行く予定になっていた。「メールの文言も

ついでに持って来てください」とA氏は言ったが、私は警察へ行く気力も失いかけていた。

なぜ、新しい局面のたびに捜査姿勢が後退してしまうのか。A氏と話しながら、とうとう涙が出た。

弁護士からは、「帰国する」と言っている山口氏のメールに返信しなければ、何か準備をしていると察知されてしまう、と強く言われていた。それについては、「わかりました、考えます」という一文を返信すればいいのではないか、とA氏は言った。A氏との会話を打ち切り、私は山口氏にメールを送った。

「何度も申し上げているように私には現在、体の健康が第一なので、少し考えさせていただきます。」 **S 2015-5-8 13:24**

アメリカでは真夜中の時間帯だったが、返信はすぐに来た。

「わかりました。できるだけ伊藤さんの都合に合わせますから、遠慮なく連絡下さい。」

Y 2015-5-8 13:53

警察は出国の有無も捜査していないのか？

直接連絡をするのは、本当に苦痛で仕方がなかった。しかし、捜査の進展に必要な連絡先を聞くために、また私の記憶がない時間帯に関することについて山口氏から真実を聞きたいために、必死でやっていたことだった。進展もあった。

それなのに、当のA氏から「示談にしたらどうか」と言われたことはショックだった。この先、本当に警察を信用していいのだろうか。

A氏からはその後、改めて連絡があった。彼は、

「示談の勧めは警察官として誰にでも伝える情報で、自分のスタンスは最初から変わらない、警察は被害届を出されれば、厳しくてもやるべきことはやるのだ。とにかく当初の予定通りに前進する」

と言った。

A氏の言葉に嘘はないのだろうが、それならなぜ、検事は最初から「逮捕状は取れない」と言うのだろうか。

警察という組織を考えた時、疑念はつのるばかりだった。

私には、元検事の叔父がいた。（文庫版注・裁判の過程で、山口氏は検事の名簿や私の戸籍謄本まで参照し、私に検事の叔父はいない、この記述は虚偽であると主張したが、叔父の役職は正確には副検事だ。家族や親戚の間では「検事のおじ」で通っており、一般的にも

副検事を検事と呼ぶことも多いので、このままの記述とする。）私は、検察や警察の動き方に対する疑問を、叔父に聞いてみることにした。

　叔父はまず、私がホテルへと引きずられている映像に明らかに普通と違うところがあるなら、まず相手を呼んで事情を聞くのが普通。それによって捜査が進展する可能性は十分にある、と言った。また、警察がおこなった、食事をした場所での聞き込みの内容などは、被害者の立場として聞くことはできる、と言った。

　山口氏は海外にいると言っているが、日本にいるかもしれない、と話すと、飛行機の出入り、パスポートの関係で外務省に照会すれば、翌日には海外へ行ったかどうかわかる。翌日でなくとも、今日現在まで外国へ行っているかどうかは、捜査すれば比較的簡単にわかる。警察は出国の有無について捜査していないのか？　と言った。

　叔父は検察のＯＢとして、検察官が最初から「逮捕できない。任意で取り調べても必ず不起訴になる」などと断定することはあり得ない。いま現在の証拠では逮捕できないとしても、証拠は捜査次第で増える可能性があるものだ。ましてや、逮捕すれば捜査が大きく進展する可能性だってあるのだから、最初から不起訴と決まっているなどということはない。もっと警察や検察を信じなさい、弁護士とよく相談しなさい、と言った。

　確かに、たとえ立件して起訴に持ち込んでも、密室で行われた犯行であり、厳しい裁判になることは予想された。しかし、それは捜査次第であって、始めから不起訴と決まっている事件が世の中にあるとは思えなかった。

それなのになぜ、警察はこんなに捜査に消極的なのか。

いずれにしても、警察に頼む以外に、私には手段がなかった。もう一度気持ちを立て直し、聴取に備えることにした。その前に、山口氏に、どうしても聞きたかった点について、もう一度メールを送った。警察の動きに全面的な信頼が持てない以上、警察が動く前の山口氏の率直な回答をどうしても聞きたかった。

この後の展開を考えると、この時の判断は間違っていなかった。


「私はそういう病気なんです」


「逃げも隠れもしない、返信しているといいますが、そんな返信ばかりで、私のここ数日の肝心な返答はなく（原文ママ）、私の不安は取り除かれず自身の保身にしか感じません。

妊娠の可能性がないと以前断言していましたが、どういうことですか？

何度も出来ること、出来ることと繰り返していますが、あなたのできることとは一体何ですか？」S 2015-5-8 19:06

二時間半ほど経って、返信が来た。

「返って来てない肝心な返答があれば、指摘して下さい。すぐ返信します。」Y 2015-5-8 21:37

「妊娠の可能性がないと以前断言していましたが、なぜですか?」S 2015-5-8 22:57

数分後に、返信が来た。

「私はそういう病気なんです。」Y 2015-5-8 23:05

「何の病気ですか?私の健康に関わることなので詳しく教えてください。」S 2015-5-8 23:09

「精子の活動が著しく低調だという病気です。」Y 2015-5-8 23:12

ここまでの返信にこの二通が加わり、性行為があったことを山口氏が認めたことになった。

これ以降の、主なメールのやりとりは以下の通りだ。

「医療的な面で緊急を要する対応があるなら、いくらでもサポートしますから具体的に言ってください。それから、会って話をしたいという事ならば、その為に日本に一時帰国する事も提案しましたが、その後あなたからは具体的な返答はいただいていません。あなたは私を糾弾はするが、具体的に私が何をすればいいのかは言ってくれないので、私も困っているのです。

あなたが心身共に疲弊している事はとても残念だし、それを改善する為に私が出来る事は何でもしますから、具体的にやるべき事を提案して下さい。

それから、謝罪をしないのは、事実認識が根本的に異なるからです。下の（筆者注・過去の）メールに書いてある事も、事実と相当乖離しています。しかし、わたしが事実関係についてあなたの主張に反論すれば、傷ついたあなたを精神的にさらに追い詰める事になりかねないから、あえて反論していないのです。

私があなたに一切謝罪をする気がないという事ではありません。事実認識が根本的に異なる段階であいまいな謝罪をする事は、いろいろな面で誤解を生み不適切だと考えているからです。

繰り返しますが、あなたが誰にも相談できず苦しんでおられる事については、深く心を痛めています。私がいま何をすべきか、ぜひ具体的に言って下さい。」Y 2015-5-10 12:38

「あなたの謝罪、反省の意をまず最初に聞きたい。事実が乖離しているとはどういうことでしょうか？この点についてご返答がいただけない以上、この先は山口さんとお話する意味がないように思います。私達は事実を伝えるのが仕事ですよね？私は事実を曲げる人が一番嫌いです。」S 2015-5-11 13:40

「謝罪や支援については、私の5／10のメールを再読して下さい。また、私は事実認識についてメールであなたと議論しません。まず謝れというあなたの要求には応じないという事です。こういう状況におかれたら、私でなくても皆同じ対応をすると思います。

これは、あなたが必要とする支援を拒否するものではありません。私は今でも、善意に基づいて、あなたをサポートする用意はあります。具体的に言っていただけたら、できる事は何でもします。

ただ、あなたが今のような攻撃的かつ敵対的な姿勢を続けるのであれば、あなたと私が直接やり取りをしても同じ事の繰り返しとなり不毛なので、今後の連絡は第三者を介在させる事にします。」Y 2015-5-12 12:45

もう聞き出せる言葉もなかった。返す言葉もなかった。すると、翌日になって続けてメールが来た。

「ワシントンの日系メディアにお願いしていたあなたの就職について、面接をしたいという連絡がきました。

あなたと私のコミュニケーションがうまくいっていない現状とは別に、もしあなたがアメリカでの仕事に興味があるなら、遠慮なく希望を教えて下さい。」Y 2015-5-13 0:07

「素直に受け取ってもらえないかもしれないが、私はあなたの事を心配してます。できるサポートは何でもするから、具体的に言って欲しいという気持ちにも変わりはありません。」Y 2015-5-13 10:37

これでメールはすべてだ。

鮨屋の不可解な証言

捜査は進展しているようだった。鮨屋での聞き込みを終えたA氏に内容を聞いてみると、

「びっくりすると思いますよ。二人で一升近く飲んだそうです。簡単なつまみと太巻き以外は何も頼んでおらず、ほとんどお酒だけ。これならどんなにお酒に強い人でも酔っぱらいます」

と言われ、私は驚愕した。本当にそんなに飲んだのだろうか。記憶がないのでわからないが、自分ではとても信じられない。

詳しく聞くと、一升近くと言っても、七合か八合くらいで、内訳を書いた伝票は残っていないと言う。もし七合であれば、一人三合か四合で、「一升」という響きからはずいぶん遠くなる。

出て行く様子はどうだったのかと聞いてみると、

「他のお客さんの椅子に座ってしまったことは覚えていますか？ また、他のお客さんと話し始めたそうです。裸足で店内を歩いていたそうです。山口氏から、もう帰るよ、と言われていた。それほど酔っていたということです。店員の一人が、二人の目の前で酒を注いでいたので覚えている、と言っています」

私は、まったく覚えがなかった。記憶がないとはいえ、信じられなかった。山口氏のカードで、総額の支払い記録があると言うが、それならなぜ伝票がないのだろうか。飲食店が、たった一月半も経たないうちに、伝票を捨ててしまうだろうか。

薬でなくとも、ここまで酒を飲んだことを店の人が証言したのだから、準強姦罪の要件の一つにはなる、とA氏は言った。しかし、私は納得できなかった。本当にお酒を飲んだだけなのだろうか。それならなぜ、三合目を頼んだところから、私の記憶はぷっつりとなくなるのだろうか。

また、気になることがあった。それは山口氏がメールで、

「あなたは寿司屋のトイレで鍵をかけたまま寝込んでいて、外から鍵を開けた店員さんに助けられたのを覚えていますか？店員さんによれば、便器から崩れ落ちて不自然な形で寝込んでいたという事です」

と書いてきたことだ。もしも酔って倒れていたのなら、鮨屋の証言したように、私が他の客の席に座って話したという行為がありうるだろうか。そこまで泥酔して倒れてい

た者がまた起き上がり、このように振る舞えるのであろうか？

妊娠検査を受けた方がいいとA氏に勧められた。モーニングアフターピルを処方してもらったのにもかかわらず、予定の時期になっても一向に生理がこなかったのだ。ストレスやピルのせいで遅れているんだと自分に言い聞かせていたが、一ヶ月遅れていた。不正出血もあった。

もしも妊娠していたとしたら。その結果をどう受け止めればいいのだろうか。検査をした方がいいことはわかってはいたが、恐ろしかった。しかし、待ちすぎてはいけなかった。一人で病院に行く勇気がなくて、最初にこの事について打ち明けた看護師の幼馴染Sに同行を頼み、妊娠検査を受けに行った。

よっぽどのことだったのか、私は最近までこのことをすっかり忘れていた。彼女に頼んで作成した検察審査会用の陳述書を読んで、初めて思い出した。彼女が言うには、私は病院に行くことすらトラウマになり、女性の医師を希望したが、男性の医師しかおらず、彼女が診察室までついてきてくれたらしい。

男性の医師と同じ小さな診察室に入るのさえ恐ろしく、「妊娠していない」という検査結果が出るまで、私は極度に緊張して、彼女の手を握り続けていたという。

一人ではきっとできなかっただろう。ここまで近くで支えてくれた友人に心から感謝したい。

タクシー運転手の証言

A氏は精力的に捜査を進めてくれた。

最後に行った鮨屋を出てから、私たちをホテルまで乗せたタクシー運転手の証言が取れた、と聞いたのはこの頃だった。正確には、五月十三日のことだ。

この時に聞いたのは、「近くの駅で降ろして下さい」と何度も言っていたこと、タクシーの中で最初は仕事についての会話があったが、途中から私が静かになり、降りる時には自力では降りられない状態だったこと、降りた後に見たら、私のものとみられる吐しゃ物があったこと、だった。

記憶のない時間帯の自分の行動について語られるのを聞くのは、本当に気が重いものだが、私が何度も「駅で降ろして下さい」と言っていたと知り、ほっとした。やはり、最後まで自分は家に帰ろうとしていたのだ。

ホテルのハウスキーパーの記録から、シェラトン都ホテルの部屋に吐しゃ物があったという記載は見つからなかったこともわかった。山口氏は部屋の二ヶ所とトイレに「ゲロ」を吐かれたとメールで説明していたが、清掃員は、そのような状態に対する特別な清掃をしていないと日誌に記している。

また、これは当時、調書に取られなかったものだが、そのフロアを担当したハウスキーパーは、「ベッドは片方しか使われていなかった。もう一つのベッドには血がついていた」と証言していることも聞いた。

なぜ、調書にならなかったか。

聞くところによると、このハウスキーパーは外国人で流暢に日本語を話すことができず、間にホテルの担当者が入り、通訳しながら話を聞いた際、彼女の言い方が断定的ではなく、「この部屋だったと思う」という表現で通訳されたようだ。吐しゃ物や臭いを除去するために特別な清掃はなかったことは記録から確かだが、彼女の証言は断定的でなかったため、調書にならなかったという。

最近になって、私はシェラトン都ホテルに対し、検察審査会への申し立てを行うため、ホテルのスタッフ数名から話を聞いて陳述書を作成したいとお願いした。しかし、受け入れて頂けなかった。問題の部屋を担当したスタッフは誰だったのか、ホテルの協力なしに特定し、話を聞くことは困難だ。

前にも書いたが、当初、山口氏の泊まっていたホテル二階部分の廊下に防犯カメラがないと聞いていた。大手外資系のホテルで、廊下に防犯カメラがないというのはどういうことなのだろう。二階のエレベーターホールなどにも、ないのだろうか。

また、自立歩行ができない状態の、宿泊客ではない者がロビーを横切ったら、

「大丈夫ですか？」

と声をかけて欲しかった。その一言で、この夜に起こったことを防ぐことができた可能性もあった。

A氏が「通行人が振り返っていた」と指摘するほど、私の様子はぐったりして、異様な光景だった。映像を確認した私もKも、ぞっとして吐き気を催したのだ。タクシー運転手さんは後に、「ホテルのボーイが心配そうに見ていた」と証言している。

山口氏が言うように私が嘔吐して意識がなかったのなら、病院に連れて行くか、救急車を呼ぶべきである。

これが薬物によるものであろうが、アルコールによるものであろうが、意識がない間に嘔吐して喉を詰まらせ、亡くなるケースはよくある。実際に私の親戚にも、そのように命を落としてしまった人がいる。

「再現」の屈辱

捜査の進展に伴い、事件の経緯を確認することが必要だ、と言われたのはこの頃だった。「再現」と呼ばれるこの作業は、事件現場で行われることも多い。文字通り、事件が起こった際の状況を再現し、写真に撮るのが目的だ。

この時は現場で行われず、高輪署の最上階にある、柔道場のようなところで行われた。

フロア一面に青いマットが敷き詰めてあり、壁には道着のようなものが並んでかかっていた。多くの警察官がここで訓練してきたのだろう、少々汗臭い部屋だった。男性捜査員たちのみが居並ぶ柔道場で、人形を相手にレイプの状況を再現させられるのだ。「それではそこに寝てください」と言われ、彼らに囲まれながら青いマットの上に仰向けになった。一人の捜査員が私の上に人型の大きな人形を乗せた。

「こんな感じ?」

「もう少しこうですかね?」

と言いながら人形を動かす。フラッシュが光り、シャッターが押され始めたところで、こわばらせていた心のスイッチを完全にオフにした。

同じ日であっただろうか。

捜査員に、「処女ですか?　答えづらいかもしれませんが」と聞かれた。他の捜査員からも以前から何度か聞かれていたことだった。私は繰り返されるこの異様な質問に対し、ついに「それが事件と何の関係があるんですか?」と聞いた。が、「どうしても聞かなければいけないことなんです」と言うだけだった。

この質問は、話をした捜査員全員から聞かれた。が、この時に聞かれるまで、私は「何の関係があるのか」なんて問い返すことはできなかった。ひたすら質問に答えるのが精一杯だった。

性犯罪の被害者が、このような屈辱に耐えなければならないとしたら、それは捜査のシステム、そして教育に問題があるはずだ。

ロイターの同僚にこの話をしたところ、「それはセカンドレイプだ」と、さっそく取材を始めた。これは警察での体験で一番苦痛を伴うことだったが、この時は友人のKの同席がなぜか許されなかった。一階の待合室で、この作業が終わるのを待っていてくれた。彼女が近くにいてくれたら、少しは楽だっただろう。

また、これは後に事件が高輪署の手を離れ、警視庁捜査一課に移ってからの話だが、私の友人二人が、事件の調書に協力してくれている。

彼女たちは私を昔から知っており、事件直後にも相談していた友人、KとSだ。そんな彼女たちに、捜査員は私の男性のタイプや、過去の恋愛について話を聞いたという。過去の性体験や男性の好みで事件の見方が変わり、捜査に関係するものなのであろうか?

「成田空港で逮捕する」

A氏は捜査をすべてやり切ったのであろう。そう思ったのは、五月の半ば頃であった。それから先は、山口氏はアメリカにいたので、進展する様子もなかった。

思えば、被害届一つ出すのでさえ、あんなにいろいろなことがあった。どうやったら警察に捜査を進めてもらえるのかと、ありとあらゆる考えを働かせ続けた日々だった。

私はその頃、少しずつ仕事を再開することができるようになり、ドイツで仕事をする機会を得た。まだ、山口氏に似た人を見るだけでパニック症状を起こしていたので、日本人の比較的少ないベルリンは、どことなく安心して過ごせた。やっと自分の仕事、普通の生活が戻ってきた。

山口氏の帰国に合わせ、成田空港で逮捕する、という連絡が入ったのは、六月四日、ドイツに滞在中のことだった。「逮捕する」という電話の言葉は、おかしな夢の中で聞いているような気がして、まったく現実味を感じることができなかった。

「八日の月曜日にアメリカから帰国します。入国してきたところを空港で逮捕する事になりました」

A氏は、落ち着きを見せながらも、やや興奮気味な声で話した。逮捕後の取り調べに備えて、私も至急帰国するように、という連絡だった。

私はこの知らせを聞いて、喜ぶべきだったのだろう。

しかし、喜びなんていう感情は一切なかった。電話を切った途端、体のすべての感覚が抜け落ちるようだった。これから何が待ち受けているであろう。相手から、彼の周囲から予想される攻撃を想像すると、どっと疲れを感じた。

少しずつ自分の生活を取り戻しつつあったところで、またこの事件に引き戻された。しかし、気持ちを立て直さなければならない。事実が明らかになる時が来たのだ。私は仕事を調整し、帰国できるチケットを探し始めた。A氏はこれまで、「疑わしきは罰せず」と繰り返し私に言った。「疑わしいだけで証拠が無ければ、罪には問えないんですよ」と。

それが、裁判所から逮捕状請求への許可が出るところまで、証拠や証言が集まったのだから、大変心強いのは事実だった。

衝撃の電話

この電話から四日後、逮捕予定の当日に、A氏から連絡が来た。もちろん逮捕の連絡だろうと思い、電話に出ると、A氏はとても暗い声で私の名前を呼んだ。

「伊藤さん、実は、逮捕できませんでした。逮捕の準備はできておりました。私も行く気でした、しかし、その寸前で待ったがかかりました。私の力不足で、本当にごめんなさい。また私はこの担当から外されることになりました。後任が決まるまでは私の上司の○○に連絡して下さい」

驚きと落胆と、そしてどこかに「やはり」という気持ちがあった。質問が次から次へと沸き上がった。

なぜ今さら？　何かがおかしい。

「検察が逮捕状の請求を認め、裁判所が許可したんですよね？　一度決めた事を何故そんな簡単に覆せるのですか？」

すると、驚くべき答えが返ってきた。

「ストップを掛けたのは警視庁のトップです」

そんなはずが無い。なぜ、事件の司令塔である検察の決めた動きを、捜査機関の警察が止めることができるのだろうか？

「そんなことってあるんですか？　警察が止めるなんて？」

するとA氏は、

「稀にあるケースですね。本当に稀です」

とにかく質問をくり返す私に対し、

「この件に関しては新しい担当者がまた説明するので。それから私の電話番号は変わるかもしれませんが、帰国された際は、きちんとお会いしてお話ししたいと思っています」

携帯電話の番号が変わる？

A氏はどうなるのだろうか？

「Aさんは大丈夫なんですか？」

「クビになるような事はしていないので、大丈夫だと思います」

　後は、A氏はひたすら謝り、私が何を聞いても、「自分の力不足という事で勘弁して下さい」と言うだけだった。

「納得が出来ません」

　今まで私は、何度かA氏に、

「そこまで捜査に口を出すなら自分でやってくださいよ、警察なんていらないでしょ？」

と言われ、それからは警察に頼んだのだから、絶対的な信頼をして協力をしようという姿勢を見せてきた。そうしなければ、やる気を失われ、とり合ってもらえなくなると身をもって感じたからだ。

　しかし、ここまできたらもう、そんなことはどうでもよくなった。

「全然納得がいきません」

と私が繰り返すと、A氏は「私もです」と言った。それでもA氏は、自分の目で山口氏を確認しようと、目の前を通過するところを見届けたという。

　何をしても無駄なのだという無力感と、もう当局で信頼できる人はいないだろうという孤独感と恐怖。自分の小ささが悔しかった。今までの思い、疲れが吹き出るかのように涙が次から次へと流れ落ちた。

　よく聞くと、A氏は逮捕が止められた理由について、何も聞かされていないのだという。それでは新しく担当になる人も同じなのでは？　と言うと、「そうだと思う」という返事だった。

A氏はこの二ヶ月間、ものすごく多くの時間を割いてこの事件について調べ上げ、私の主張と上からのプレッシャーに挟まれながらも、最後まで頑張ってくれた。今さら誰が代わりになるというのだろう？　また振り出しに戻り、新しい捜査員に同じ話を何度もすることになるのだろうか。

お互いに言い争うこともあったが、A氏は懸命に捜査を続けてくれていた。その人が担当を外れることは、逮捕が取り止めになったことと同じくらい、私にとって大きなショックだった。

彼は電話で最後にもう一度、

「力不足でごめんなさい」

と言った。私の口からは、

「本当にありがとうございました。お疲れ様でした。これからもお体に気をつけて」

という以上の言葉が出なかった。また、この事件のせいでA氏の仕事に影響を与えたことをお詫びして、電話を切った。一被害者、一捜査員という立場で今まで相当ぶつかり合ったが、戦友と突然別れるような寂しい気持ちになった。

言葉にできないあらゆる感情と共に、涙が溢れた。体の力が抜け、ベルリンの住宅街の道で一人途方にくれた。本当にすべての道を塞がれてしまったのかもしれない。私のような小さな人間には、もうこの目に見えない力に立ち向かうことすら許されないのだ、と感じた。

警視庁上層部の判断。

わかっていたことはそれだけで、これからも一捜査員、一被害者が真相を知ることはできないのだと思った。

何か他のルートで調べる方法はないのか。

「どこに聞けばいいのだろう」そんな考えがぐるぐる頭を回った。

私はすぐに、泊まっていたドイツの友人宅に戻り、キッチンから電話をかけた。当時この事件を担当していたM検事に、話を聞きたかったのだ。

M検事あてに電話をかけると、「M検事はこの件から外れた」と、電話に出た人は言った。この人もだ。逮捕のストップがかかった当日に、この件を担当していたA氏も検事も、誰もいなくなった。

西日の強く差すキッチンで、野菜や果物がたくさん入ったバスケットを眺めながら、今すぐにでも真相を追求しに東京に戻るべきだと思いながら、一方で日本にいなくて良かった、と思った。

よく晴れたとても爽やかな日だった。いつもの曇りきったベルリンの空ではなく、天気だけは良かった。少なくとも、今日この街で電話を受けたことは救いになった。帰国すれば、逮捕されなかった山口氏は、そのままＴＢＳ本社で働いているのだ。私の職場の目と鼻の先にあるビルであった。日本に帰ることそのものが嫌になった。

第5章　不起訴

私はすぐにドイツから日本へ帰るのは止め、ニューヨークでハウスメイトだった友人を訪ねて、イスラエルに向かうことにした。熱い太陽の下、とにかく体を動かし、写真を撮ることに専念した。エルサレムの旧市街を歩いていると、高輪署のA氏の上司から連絡があった。

今後は警視庁捜査一課が事件の担当をする、と告げられた。捜査一課からも、「お話がしたい」と連絡があったが、時差の問題もあり、すぐには話せなかった。

捜査一課からの熱心な連絡は、私を混乱させた。

やはり、今後も捜査をするつもりなのか？

しかし、どのようにして？

逮捕は、これで無くなったのだろうか。電話でやっと新しい警視庁の担当者と話した時は、どの質問に対しても、きちんとした説明はなかった。

なぜ逮捕状が執行されなかったのか？

その質問にはただ、「より一層深い捜査をする為だ」との説明しかなかった。しかし、二ヶ月間で考えられるすべての捜査は尽くされていた。あとはノートパソコンで撮影されていた可能性のある映像などが出てこないか、証拠隠滅されないためにも、逮捕して強制的に調べるところだけが残されていたのだ。

私は元検事の叔父に連絡した。逮捕状がどのように使われるかについて、実際に知っている叔父の言葉は、とても参考になった。叔父は、とにかく裁判所が一度許可した逮捕状が簡単に執行されないなんていうことはないから、その逮捕状が今どこにあるのかを、弁護士の先生と一緒に警視庁に行って聞きなさい、と言った。

捜査一課の要領を得ない説明

帰国してすぐに、警視庁に呼ばれた。新しく担当するメンバーを紹介されたのだが、この日に会ったのは、メインで私を担当してくれる捜査一課の女性の捜査員と、その上司だった。そして、この件については四、五名の捜査員体制で動いていく、という。

もう任意でできる捜査はすべてしたはずなのに、高輪署とはずいぶん違う陣容だった。そして、この時の二人の説明は、要領を得ないものだった。

今回の事件では凶器などは使われていないので、山口氏に証拠隠滅の恐れがない。また、逮捕後の勾留期間は二十日間しかないため、今わかっている範囲の証拠では捜査を詰め切れず、わざわざ逮捕しても不起訴になってしまう。だから、もう少し任意で捜査を継続することになった、というのが彼らの説明だった。

しかし、それならなぜ逮捕状を請求したのか、またそれを裁判所が認めたのか、説明がつかなかった。

では、捜査の範囲を具体的にどのように広げるのか、と尋ねると、「今までの証言や他のところをもっと詰めていく」と言う。何か決め手があっての話ではないのだ。

特に逮捕状に関しては、この日も繰り返し質問したが、納得できる回答はなかった。

以下は、上司の男性捜査官がその時口にした言い分だ。

「逮捕状というのは、簡単に出ます。被害届があって、この人が犯人ですと被害者が言って、ある程度捜査して、そうなんじゃないかな、というレベルで出る。今回の場合は特に、山口氏はあなたの顔見知りだから、あなたが誰かと見間違える恐れは一〇〇％ない。怖い話ですが、それだけで大体、逮捕状は出ます。

逮捕状を実際に執行する前に警察官の判断で逮捕要件を満たしているのかどうか、適正な執行かどうか、もう一度判断して下さいね、というレベルで出ます。

よくあるのは、被疑者が海外にいたり、行方がわからなかったり、逃げているわけではないがどこにいるかわからない場合、警察官が逮捕状を手に持っておくというケース。持っているからといって執行しなければならないわけではなく、執行する段階でまた判断して下さいね、という意味です。

今回も、山口氏はアメリカにいたので逮捕状を取るのは適正だと思いますが、帰ってきた時点で、行方がわからなくなったり、逃走する恐れがないとわかる。特に証拠隠滅の恐れは今回はありませんので、その逮捕は適正なのか？　という判断になった。

もう一つ、社会的地位のある人の場合、そのことは捜査に関係するのか？　というと、正直関係はあります。社会的地位のある人は居所がはっきりしているし、家族や関係者もいて逃走の恐れがない。だから、逮捕の必要がないのです。

高輪署は高輪署で判断して逮捕状を取ったのでしょうが、我々は主管課なので、報告が上った時に、それは逮捕の要件が今はないので待ちなさいよ、という判断になったのだと思う」

この回答には、いくつもの疑問を感じた。

まず、逮捕状を取っておくという捜査手段があり得るとしても、今回の場合は、まったく簡単には出なかった。A氏は当初、「この件では逮捕状は出ない」と検察官からはっきり言われた、と私に語った。それを、一つひとつ証言や防犯カメラの映像などの証拠を積み上げ、覆してきたのだ。

二つ目、山口氏に証拠隠滅の恐れがないと、何を根拠に断言できるのか？　ノートパソコンで撮影された可能性のある映像などについては？

そもそもこの言い方は、社会的地位のある人は証拠隠滅などしないし、逃亡もしない、と言っているように聞こえる。地位がなければ、証拠隠滅もやりかねないし、逃亡の恐れだってある、と言いたいのだろうか？　それでは社会的地位がない人、低い人は簡単に逮捕するということなのだろうか？

その言葉こそが、社会的地位の高い人への優遇になってはいないか？

いくら社会的地位の高い人でも、人間だ。過ちを犯すことだってある。

それに、山口氏はメールで、日本、アメリカの双方に住所がないし、もうＴＢＳの人間でもないと言っていた。それが嘘だったとしても、本人の口で、自分は住所不特定無職だ、とはっきりと言っている。一体、誰の物差しで何をはかっているのだろうか。警視庁の捜査員がこのような判断、発言をして、この国が法治国家などと言えるだろうか？

三つ目、主管課として「逃走の恐れがないから逮捕の必要はない」と判断するのが、なぜ逮捕当日、捜査官が配備された後の現場でなのか？

その日まで、高輪署からの報告は一度も捜査一課には上がっていなかったのか？

警察で示談の弁護士を斡旋される

捜査官は続けて、こう言った。

「今日、相手の弁護士が私のところに来て、あなたに伝えたいことがあるということなので、今伝えてもいいですか？

聞いたことは一つだけです。いわゆる示談交渉をしたいので、あなたの弁護士と連絡を取れないか、ということでした。これはただのアドバイスですが、あなたが直接交渉しない方がいい。弁護士を通して話をするべきです。

この場合、出てくるのはお金の話しかない。

強姦、準強姦は親告罪なので、被害者が告訴しなければたとえ犯人がわかっていても起訴できない。こういう事件で示談したいというのは、たぶん告訴を取り下げてくれということでしょう。犯人側からすると、不起訴決定が出た後はいわゆる示談はする意味はあまりなくなる。向こうとしては、起訴不起訴の判断の前に示談にしたいのだろうなと。

もちろん、民事裁判と刑事裁判は別物なので、不起訴決定が出たからといって、民事で勝てないというわけではない。ただ向こうとしては強気になるだろうな、という気はしなくはない。

一気に話してすみませんが、弁護士は誰かに相談していますか？　被害者専門の弁護士がいて、その先生に頼むと基本的にはタダでやってくれます。国費が出るので。

もし不安だったら捜査官が一緒に行きますし、お願いしてから選任するまで時間がかかるから、今日お返事をもらって進めてしまっていいですか?」

示談についてなど考えていなかった。しかし、弁護士は急いで探していた。その時に相談していた弁護士は、友人の伝手でアドバイスを下さっていた方で、無料でここまでいろいろ教えて下さっていた。大変ありがたいことだったが、TBSと関係があるので、訴訟となった場合には受けられない、と言われていた。

無料の弁護士に頼める制度があるなら、と思い、次回に会ってみることを承諾した。警察が熱心に示談の斡旋をすることに不思議を感じないではなかったが、逮捕状について警視庁に聞きに行くためにも、ともかく弁護士は探さなければならない。当時、それ以外のことにまで気が回らなかった。

彼らは一方で、今も捜査を進めていると、とりなすように言った。

六月二十二日には、DNA鑑定の結果、ブラから山口氏のDNA片が採取された、という。ストラップ、ブラのカップの外側、内側、ホックから山口氏のものと過不足なく一致するとされるY染色体が出た。

また、家宅捜索も行い、パソコンやタブレット類も押収したという。

山口氏の聴取は行ったが、ポリグラフにかけても反応はない。

パソコンのデータ解析については、「そもそもカメラが付いていない機種で、外部機器を取り付けた形跡もない。中の画像にもこの事件と関係するものはない」という。「画像や動画はない」と、なぜこんなにも簡単にわかるのだろうか。任意の捜査でその確認は本当にできるのだろうか。現場にあったのが、押収したそのパソコンだとなぜわかるのか。

疑問はつのるばかりだった。

捜査一課に担当が移ったというので、また調書を取り直すことになった。新しい話を追加するために調書を取ることはあると言うが、事件そのものについては、高輪署で取った調書をなぜ使えないのだろうか。何度目になるのか記憶にないが、事件の話をまた一から繰り返した。

警察車両で弁護士事務所へ

数日後、この時に取った調書の文章を確認するため、警視庁へまた行った。確認作業には時間がかかった。そこで一旦中断して、前回ここで紹介された弁護士のところへ出かけることになった。先に約束の時間を決めてあったのだ。調書の確認は、できればその後にやりたいが、後日でも構わない、と捜査員は言った。

警察車両で弁護士事務所まで送られた。自分一人で面会に行くものだと思っていたが、なぜか捜査員も数名、車に乗り込んだ。

私がその時に弁護士を探していた第一の目的は、A氏が取った逮捕状の行方を探すことであった。山口氏も私も海外にいたので、有効期限が長く設定されている可能性は十分考えられた。一緒に警察へ行き、逮捕状はどこにあり、いつまで有効なのか、問い質してくれる弁護士を探していた。これは、元検事の叔父のアドバイスだったが。

紹介された女性弁護士のところでは、また事件のことを聞かれた。しかも、一から経緯を話している間、捜査員がずっと同席していた。これでは「逮捕状がどうなったか聞いてもらえないか」などと頼めるはずもなく、捜査員には途中で断って席を外してもらった。

弁護士は、やはり示談専門の人らしかった。捜査員がいなくなった後、私が警察の捜査に感じている疑問について少し話してみたが、あまり反応はなかった。

これ以上ここで警察への疑問や、逮捕状について話さないほうがいいと確信した。警察車両で彼らの推薦する弁護士のところまで連れて行かれ、席を外して下さいとお願いするまでぴったりと捜査員が寄り添いながら示談の話を一緒に聞くなんて、ちょっとおかしい、という考えが浮かんだ。

もう何も驚かなくなっていた。しかし、どこか心の隅で、まだ当局や捜査員を信じたかった。

弁護士は、これまでに担当した示談の案件について、いろいろと話してくれた。彼女ろう。

曰く、最高の成果は相手を有罪にして慰謝料も貰うこと。

　今回、相手が示談を持ちかけてきたのは、被害届と告訴状を取り下げてもらうため

　示談を行う場合は示談書というものを作るが、その冒頭に謝罪を求める場合と、謝罪は無しでお金だけ請求する場合がある。また、金額は百万円程度に収まることが多い。

　彼女の示談についての話は続いた。

　謝罪なしの示談書などがあるのか。考えられなかった。お金によって、それ以上は語られることのない事実として封じられるのだ。

　そして、百万円とは誰が決めた金額なのだろうか？　その後の人生に大きく影響するこの性暴力に対し、費やさなくてはいけない時間、医療費などは計り知れない。何よりも、時間や精神的苦痛はお金に変えられるものでもない。

　しかし、わずかなお金をもらって示談にするケースはよくある、と弁護士は言う。なぜならこの国の法律では、性犯罪者が法的に裁かれること自体が難しいのだから。そして捜査の過程や法廷で起こることは、被害者にとって大きな苦痛となる。

　取材の過程で知ったのだが、このような性犯罪の裁判がある日は、「性犯罪裁判の傍聴マニア」が朝から列をつくって傍聴しにくるというのだ。

　自らが裁判所に出向き、顔さえ思い浮かべたくないような加害者と対面して話さなく

てはいけない上、傍聴席は傍聴者たちで満席。皆がこちらを興味深く見ているなどと、想像しただけで血の気が引く思いだ。

二〇〇〇年の刑事訴訟法改正以来、被害者が証言する際には、加害者と直接顔を合わせなくていいように仕切りを立てることが可能になり、別室で被害者の証言が行われることもあるという。しかし、それでも多くの被害者は、加害者からの逆恨みや脅迫を恐れることだろう。

だから大ごとにしないでお金で解決しよう、と警察までもが言うのだ。こうやって、口をつぐまされてきた人が、今までどれだけの数いたのだろうか。実際に強姦罪において、不起訴になった案件のうち、示談や話し合いで告訴を取り下げる割合は35・4パーセント（二〇一〇年。二〇一六年は43・9パーセント）。実に三分の一から半数近くの被害者は、様々な理由から、示談に同意しているのだ。中には、犯行のビデオがあり、告訴を取り下げれば処分すると告げられた被害者もいる。

「私に求められているのは、示談交渉なのかなと思っていました」

最後に弁護士は言った。

私は示談をしたいなどと、一言も言ってはいなかった。被害者のために弁護士を国費でまかなう制度とは、示談の場合のみ可能なのだろうか？

警視庁では、警察で委託している被害者専門の先生がいる、と聞いたのだ。私の担当だという女性捜査員の上司はこう言った。

「刑事弁護をやらずに被害者弁護だけをやっている先生がいます。その先生に頼むと、基本的には国費が出るのでタダになる。そういうシステムが最近できているんです。私たちも被害者に頼まれて何回かお願いしたことがありますが、おおむね変な人はいないですよ」

と。彼の言う刑事弁護とは、加害者側の弁護という意味のようだった。しかし、目の前の弁護士は、自分が被疑者を弁護した際の示談のケースをとうとうと説明した。被害者専門でもなんでもなかったのだ。

これは一体、どういうことなのだろう。警察はそこまでして、私に示談をさせたかったのだろうか。

確かに、この事件後、まともに働けなくなっていた三ヶ月間だった。事件で揉み合いになった際に負傷したと思われる右膝は、重い機材を一人で担ぎ、取材に行く仕事には耐えられず、突然起きるPTSDの症状、連日の捜査への協力で仕事ができる状態ではなくなっていた。それでも生活していくために、お金は必要だった。

しかし、私が一番求めているのは、「真実がどうだったか」なのだ。お金でも時間でも、曲げることのできない真実だ。

結局すれ違いのまま、弁護士との面会を終えた。警察車両で再び警視庁に戻った。

山口氏と顔を合わせる恐怖

山口氏が帰国し、何事もなかったかのようにTBSで仕事を続けていることは、私に強い精神的圧力を与えていた。同じ敷地内のビルに勤めている彼と、ばったり顔を合わせるのではないかという恐怖で、会社に行くことが苦痛になった。あの夜までは、今日は何が取材出来るだろうと楽しみに通っていた職場が、私の中でまったく違う場所になってしまっていた。

会った時はどうするか、頭の中で何度も何度もシミュレーションをした。私は絶対に逃げたくはなかった。逃げる理由もない。しかし、どう対処するのか、完璧な方法など見つかるわけもなく、その想像はただの恐怖でしかなかった。

特にランチタイムには一歩も外へ出られなくなった。またしても、同じような風貌の人を見ただけで、吐き気を催してパニックを起こす症状がぶり返した。そんなストレスからか、職場で電話中に気を失ったこともあった。初めてのことだった。仕事相手の電話越しの声が、ずっと私の名前を呼び続けているのに気づき、ハッと我に返った。

最初に警察で散々言われた通り、私は本当に日本でこの仕事を続けることができなくなってしまうのではないか。

そう感じ始めていた。何も気づかないふりをして、このまま同じ業界で働くのが怖かった。いつ、警察に行ったことに対する報復を受けてもおかしくはない。今後の私の出方を窺い、圧力をかけてくるのではないか、と恐れた。誰かの一言で、逮捕状が取り消されたのだ。私の想像の範囲を超えているだけで、やり方はいくらでもあるだろうと思った。

私は以前よりも、もっと精神的に追い詰められていた。

ある夜、知らない番号からの電話が入った。

誰かわからず緊張し、一瞬出ることをためらったが、取材先の人だったらと思い、意を決して電話に出ると、それはA氏からの連絡であった。

高輪署から異動になったため、番号が新しくなったという。山口氏を逮捕できなかったあの日以降、A氏の声を聞くのは初めてだった。

A氏は私に連絡することを、組織の人間として悩んだはずだ。しかし、「私がヘマをしたのではないので、それだけはお伝えしたかった」と言った。A氏は懸命に捜査をしてくれたし、何よりもプロだった。自分のミスで山口氏の逮捕ができなかったと思われることが、苦痛だったのだ。また、私の置かれた状況も心配していた。

この時にA氏に確認したのは、捜査一課はこの逮捕状のことをいつから知っていたのか、ということだった。

警視庁が主管課として、一度も報告を受けないまま逮捕の日を迎えるようなことがあり得るのか？　そんなことは、特にこの件ではあり得なかった。なぜなら、以前はっきりとA氏から、当初から本部（警視庁捜査一課）に報告している、と聞いていたからだ。

山口氏のような社会的地位のある人が関わる事件は、所轄だけで判断できないので、一課には報告済みで、逮捕状を取ったことについても同様に報告が上がっていたはずだ。そして、A氏が逐一相談していたM検事は、検事の中でもトップに値するくらい経験もある人なので間違いはない、と聞いていたのだ。

逮捕が見送られた結果、被疑者と同じ敷地内で仕事をしなければならなくなった被害者としては、当然聞く権利があるだろう。

やはりA氏は、今回は逮捕状を取るまでの間、高輪署の幹部を通じて、署内で「本部」と呼ばれる警視庁の捜査一課に逐一報告を上げている、と言った。もちろん、逮捕状を申請する段階でも。

「有名人だから逃走しない」という理由で逮捕を取り止めるなら、その段階でいくらでもストップできたはずだ。

ということは、捜査一課の説明は正しくない。やはり、あの日A氏が「警視庁のトップです」と言った通り、捜査一課よりももっと上のポストから、逮捕当日、急にストップがかかったと考えるべきだった。

しかし、誰がストップをかけたのかを暴くのは、簡単なことではなかった。この時は、それができるとは思っていなかった。

心強い味方の登場

逮捕状がなぜ執行されないのか、それはまだ有効なのか、私はどうしても知りたいのだ、とA氏に言った。私はできることはすべてやりたかった。全力でやれるところまでやってみたい。それをやって初めて、この事件の何が問題なのかが明らかになるのだ。

すると、元検事の叔父が言ったように、A氏も、「なぜ逮捕状が執行されないのか、私にもわかりません。本部で被害者としてちゃんと説明を受けること。しかし、一人で聞いてもきちんと答えないだろうから、必ず弁護士と一緒に行くこと」と言った。

私の前には、声を上げ続けるには困難なほど、大きな壁があった。一個人、一被害者の前に、巨大な組織が立ちはだかっているのだ。

しかし、その組織にだって、心ある人はいる。そして一番この事件を近くで見てきた人が、「声を上げるべきです」と言ってくれたのだ。

自分の非力に打ちのめされ、「もうこれ以上できることはないのかもしれない」と、潰されそうになっていた私を、A氏の言葉は救ってくれた。そして同時に気づいたことは、これは組織全体を敵に回した闘いではないのだ、ということだった。

ある一部の上層部が、相手なのだ。その組織に尽くしている捜査員に落ち度はない。自分は組織批判をしたいわけではない、というA氏の言葉も大きかった。組織にいながらも、彼の道徳心はまっすぐなものだった。私に対してこのような発言をすることは、大変な勇気が必要だったろうと思う。

しかし、上層部の一言で裁判所の決定が覆され、逮捕が行われず、捜査が闇に葬られてしまったのだとしたら、それは徹底的に問うべき問題であった。捜査当局がまともに機能しないのであれば、私たち一般市民は、何を信じ、どうやって生活していけばいいのだろう。A氏もまた、そのことを憂えたのだ。

逮捕状の確認については、時間との戦いだった。実際どうなっているかわからないが、できれば期限が切れてしまう前に確かめたい。

問題は、信頼でき、しかもそこまで一緒にやってくれる弁護士が見つかるかどうかだった。弁護士にとっては、警視庁に盾突くなど、何もメリットのないことなのだ。

自力で弁護士を探そうと決意し、東京三弁護士会の電話相談（犯罪被害者のための電話相談）に連絡すると、女性の弁護士が話を聞いてくれた。その人、西廣陽子先生は、「すぐに会って話しましょう」と面会に応じてくれた。

同じ頃、私の経験を聞いてセカンドレイプについて取材を進めていた同僚が、取材で知り合った性犯罪専門の弁護士に私のことを話し、「電話してみて」と紹介してくれた。それが村田智子先生だった。

ちょうど西廣先生にお願いしたところだったので、村田先生にはご挨拶とお断りの電話を入れると、なんと西廣先生と村田先生は以前からのお知り合いで、性犯罪事件に巻き込まれた女性の弁護に、共に力を入れて来られた関係だった。二人の弁護士は口を揃えて、

「逮捕直前に現場で突然ストップがかかったのは、絶対におかしい。他の弁護士や、警視庁に詳しい人に聞いても、皆そんな話は聞いたことがないと言っている。警視庁に話を聞きに行く際は、チームでやったほうがいいから」

と、二人一緒に担当して下さることになった。

後になって訊いたら、西廣先生はこの時私の話を聞き、「こんなテレビドラマみたいな話が本当にあるのか」と驚いたそうだ。

A氏が伝えてくれたことに続き、二人の弁護士の先生も問題意識をもって挑んでくれたことは、大変大きな後押しになった。

後日、二人の弁護士と一緒に警視庁へ行き、捜査員に逮捕状について聞いてみた。これまで、セキュリティが厳しい警視庁のドアをくぐる時はいつも一人だったが、この日は二人の弁護士が一緒であった。ここに来る時は心細い気持ちになったが、この時ばか

りはとても心強かった。

捜査一課の捜査員たちは、同じような話を繰り返したが、逮捕状については、新しいことも聞けた。

「逮捕状は先週すでに返納した。今後、新しい逮捕状を申請する予定はない」

ということだった。納得はできなかったが、はっきりとした答えが、この時初めて警視庁から貰えたのだ。一つの気持ちの区切りにはなった。

そして、やはり逮捕状の有効期限が長く取ってあったことも知った。

この後も、山口氏の弁護士から、西廣先生たちに何度か連絡があった。私の気が変わって示談を受ける気になっていないか、探ってきたようだ。

書類送検と不起訴確定

二〇一五年八月二十六日、事件が検察へ書類送検された。

私は事件が起きてから一ヶ月ほど、Kの家に居候したり、実家に帰ったりし、極力一人にならないように心がけていた。

また、当時住んでいた地域の話を山口氏にしていたことがあったので、万が一場所が知られてはという気持ちから、引越しもした。帰国してすぐに入居した部屋から、半年もしないうちの引越しだったが、当時のアパートにいい思い出は特になかった。引越しと同時に、この場所で感じた恐怖も、眠れない夜の記憶も、置いていける気がした。

それから、こちらも新たな担当のK検事による面会が、二回あった。最初は二〇一五年十月。この日は、もう何度目か忘れたが、事件当日のことについて、また質問を受けた。

私はK検事に、警察が逮捕を見送った際、事情を聞こうと思ってドイツからM検事に連絡したが、「担当を外れた」と繋いでもらえなかったことを話した。するとK検事は、「自分はその後でこの件を担当することになったため、ドイツから電話をもらっていたことは知らなかった。知っていたら、自分が説明したのに」と言い、このようにつけ加えた。

「捜査員の目の前で逮捕を見送ったが、それがあなたを不安にさせてしまったり、警察や検察が疑いを持つような言動をとっているとしたら、申し訳なかった。事件で十分に傷ついているのに、あなたにそういう負担までさせたのは余計なことだし、そもそも捜査員が洩らしてはいけないはずです」

山口氏を逮捕しなかったことを被害者の私に伝えたA氏の行動は、「余計なこと」で、「洩らしてはいけない」と言うのだ。しかし、私にとっては、説明のないまま逮捕を見送ったことの方が、よほど問題だ。

被害者に知る権利は、まったくないのだろうか？

続いて二〇一六年一月、K検事は山口氏の聴取を行った。

山口氏は、検事による聴取から四ヶ月ほど経った二〇一六年五月三十日、TBSを退社した。ひと月後、安倍首相について書いた『総理』(幻冬舎)という本を上梓し、コメンテーターとして、さかんにテレビに登場するようになった。こうしたことを私は、友人から聞いたのだが。

新しいアパートに、テレビは置かなかった。極力、彼の顔を見ないで済むように。

彼が今後どのような人生を送ろうと、私に関係はなかった。日本の法律がきちんと機能することを願うだけだ。

しかし、彼の顔を突然見ることは、パニック症状を起こす原因となっていたため、避けたかった。

時間つぶしのために、本屋にふらりと入った時のことだ。『総理』が平台に並べてあるのが目に入った。著者の名前のカタチが目に入っただけで、体が硬直した。

顔を見たら、声を聞いてしまったら、体が覚えている恐怖は、いとも簡単に現実味を帯びて、再び私を襲ってくる。記憶というものは、本当に厄介である。

担当のK検事と二度目に面会したのは、二〇一六年七月半ばのことだった。検事との話に、目新しい展開はなかった。検事は最後にこう言った。

「この事件は、山口氏が本当に悪いと思います。こんなことをやって、しかも既婚で、社会的にそれなりの組織にいながら、それを逆手にとってあなたの夢につけこんだのですから。それだけでも十分に被害に値するし、絶対に許せない男だと思う。あなたとメールのやりとりもあって、すでに弁護士もつけて構えている。検察側としては、有罪にできるよう考えたけれど、証拠関係は難しいというのが率直なところです。ある意味とんでもない男です。こういうことに手馴れている。他にもやっているのではないかと思います」

そして彼は、日本には準強姦罪という罪状はあるが、実際にはなかなか被疑者を裁けない、と、現行法の持つ矛盾を、長い時間かけて語った。

それは、司法システムの話から始まった。

「日本においては、性犯罪を立証するのはとても難しい。日本の刑法では被疑者の主観をとても重視する傾向があるのです。当然、被疑者が犯行を認めることは稀なので、『合意のもとでした』と言う。

アメリカの刑法では、主観より客観的な事実で起訴が出来る。日本では、客観的な状況だけでは、明らかな有罪だったとしても、被疑者がそれを認めない限り有罪になりにくいのです。強力な証拠を求められます。例えば、犯行を撮った映像や音声、第三者が目撃していた、等々。私はアメリカの司法の現場でも経験があるので、よくわかります」

私は、彼の言う「第三者が犯行現場を見ているか、その犯行ビデオがないと、準強姦罪の適用は難しい」という説明を、この時そのまま鵜呑みにしてしまった。大きな問題は法律そのものにあるのだ、と。日本の「準強姦罪」は、あってないような法律なのだ、と。

しかし、今考えてみれば、逮捕状が発行された理由の一つは、山口氏があの夜の行為を彼のパソコンで録画していた可能性があったからである。それなのに、その逮捕状を執行しなかったのは、警察の判断なのだ。

高輪署から警視庁捜査一課に事件が移った際に、「家宅捜索はした」と聞いた。しかし、私が取材で得た情報では、家宅捜索がされる数日前、山口氏の元職場であるアメリカのTBSの支局に、警視庁から電話が入っていたという。

また、実際に家宅捜策が行われたのは山口氏の実家だけで、職場は捜索されなかった。

山口氏は自身のフェイスブックへの投稿で、次のように語っている。

「6月中旬だったと思いますが、警視庁の方が私の家においでになり、そこで初めて被害届が出されている事を知りました。来訪された2名の警視庁の方は大変丁寧で、任意の調査に協力してほしいと言われました。」

　家宅捜索とは逮捕と同様に、令状を取り、強制力をもって行われるものだ。任意の調査、とはどういうことだろうか。彼らは私には、「家宅捜索を行いました」と説明したのだ。

　また、警視庁が、消去データの復旧作業すら行っていない可能性もある。この作業は専門の業者に頼み、復旧には時間もお金もかかる。しかし、私は一度もそのような説明は受けていないし、記録も目にしていない。

　しかし、そのようなことは、この時の私にはまだ知りえなかった。検事は私を慰めるように言った。

「これは前任の検事の対応だが、海外にいる被害者に逮捕しますと伝え、帰国してくれと連絡するところまで準備を整えていたのに、実は逮捕しません、もう帰国しなくていいですという対応はあってはいけない。

　そういうことを被害者に伝えたのなら、やるべきだと私は思う。本当にひどい話で、絶対にやってはいけないこと」

　そして最後に一言、

「本当に申し訳なかった」

と言った。

七月二十二日、不起訴が確定した。五日後に弁護士を通じ、この結果が私に伝えられた。

「7/27/16
詩織様（cc:村田先生）
先日はありがとうございました。
本日、K検事より「7月22日付けで不起訴処分になりました。」との連絡を受けました。
後日、打ち合わせのスケジュール調整をさせていただく予定です。
取り急ぎ、上記ご連絡いたします。
宜しくお願いいたします。西廣」

予想はしていたことだったが、現実になってみると、その結果は私をとてつもない無力感に陥れた。

第6章　「準強姦罪」

『ミズーラ　名門大学を揺るがしたレイプ事件と司法制度』（亜紀書房）という本がある。『荒野へ』や『空へ』などの著書で知られるジョン・クラカワーが書いた、アメリカのモンタナ大学で起きたアメフトのスター選手たちによるレイプ事件を追ったノンフィクションである。

その中で著者は、「レイプはこの国で最も報告されない重大な犯罪である」と書いている。

日本でもまったく同じことが言えるだろう。国連薬物犯罪事務所の二〇一三年のデータによると、人口十万人当たりの各国のレイプ事件の件数は、

1位スウェーデン　58・5件
3位イギリス（イングランド、ウェールズ）　36・4件
5位アメリカ　35・9件
23位フランス　17・5件

38位ドイツ　9・2件
68位インド　2・6件
87位日本　1・1件

となっている。

この統計を見て、あなたはどう思うであろうか?

レイプ発生率世界一はスウェーデン?

スウェーデンの発生率が、なぜ他国と比べこんなに高いのかと言えば、スウェーデンではレイプは起こった回数で一件とカウントされるからだ。たとえば、親族から長期間にわたって性的被害を受けているような場合は、一つの事件としてではなく、レイプされた回数として加算される。

また、被害届を出しやすい環境も整っている。二〇一五年のスウェーデン警察内での女性の比率は31パーセント。現場レベルだけでなく、役職者の比率も同じく三割である。

一方、日本での警察内の女性比率は、全体の8・1パーセントしかない。だから私もそうだったが、被害者の女性は、捜査の現場から事件を判断する役職者まで、ほぼ男性に囲まれる中で被害を訴えることになる。

そして、この統計は警察に届け出されたレイプ事件の件数を元に作成されているため、実際の発生率とは異なっている。レイプが深刻な社会問題となっているインドも2・6件。つまり、発生率が低いのではなく、届け出そのものが少ないと考えられるのだ。最も報告されない重大な犯罪、とクラカワーが書いたアメリカは、それでも35・9件。このデータからみると、日本はインドと同様、主要国と比べて警察への届け出件数そのものが大変少ないことがわかる。

二〇一四年度に内閣府男女共同参画局が行った、「男女間における暴力」に関する調査によると、十五人（二〇二〇年度の調査では十四人）に一人の女性が、「無理やり性交された」と答えている。

アメリカには、実に五人に一人がレイプの被害を受けているというデータがある。この数字には、発生率そのものの違いだけではなく、レイプの定義の違いがあると思われる。

日本の改正前の刑法（一七七条）は、「女子を姦淫した」という定義であったが、新しい「強制性交等罪」では、肛門性交、または口腔性交も加えられた。アメリカの五人に一人という数字にも、肛門性交や口腔性交が含まれている。日本でも、これからはこの数が大きく変わってくると予想される。

レイプの届け出件数が多いスウェーデンの実態を知るために、私はストックホルム南総合病院にあるレイプ緊急センターを訪れた。

ここは、三百六十五日二十四時間体制でレイプ被害者を受け入れている。大きな総合病院という外観だが、レイプ緊急センターの入口は二つある。一つの入口は待合室を通らず、誰とも顔を合せずに受付に辿り着けるようになっている。内部はプライバシーが保てるように細かく仕切られていて、入院はできないが、横になって休めるスペースがある。

また、レイプキットによる検査は被害に遭ってから十日まで可能で、その結果は六ヶ月間保管される。被害者は、まずはこのレイプ緊急センターで検査や治療、カウンセリングを受け、一連の処置が終わった後に、警察へ届けを出すかどうか考えることができる。

もちろん、裁判に必要な証言などを得るには、判断は早いに越したことはないが、事件直後には、心身ともにダメージを受けているため、判断に大変な負担がかかる。この制度のおかげで事件に遭った人は、すぐに警察に行かなかった自分を責めたり、どうしてすぐに警察に届け出なかったのかと周囲から責められたり、これでは何もできないと当局から突き放されたりしなくて済む。

ちなみにスウェーデンでは、レイプ緊急センターで検査を受けたのち、六ヶ月間の検査結果保管期間内に警察に届け出る者の割合は、58パーセントと半数以上である。他の42パーセントは、「早く事件を忘れたい」、「羞恥心がある」、「裁判や加害者への恐れがある」などの理由で、届け出ることはしない。

自分の受けた心や体の傷に対して、一人一人違う受け止め方があり、向き合い方がある。その人がその後どう判断しようとも、このようなセンターがあるおかげで、「被害者」という立場に固定されることなく、ニュートラルな立場で、まずは治療を行える社会の体制があることが、とても重要である。

また、この総合病院では、二〇一五年にレイプ緊急センターでは世界で初めて、男性のレイプ被害センターも併設されて話題となった。また、トランスジェンダーの被害者も同時に受け入れている。

二〇一六年にこのセンターを訪れた患者は、合計で七百十七名（十三歳以下は小児外来へ送られることが多いため、実際の患者数はもう少し多い）。男性はそのうち三十八名とまだ少ないが、男性被害者専門のカウンセラーが対応する男性のためのレイプ緊急センター、と看板を出すことによって、より多くの男性被害者受け入れを目指しているという。

日本の現実は、まだこのような体制からはほど遠い。しかし、まったく受け入れ先がないわけではないことを、私は今回、にれの木クリニックの長井チヱ子院長に取材して知った。後でまた触れるが、長井先生はデートレイプドラッグについて調べている医師だ。

長井先生は、デートレイプドラッグを用いられて記憶を失くすと、大抵の被害者は混乱し、状況を把握するのに時間がかかるとともに、なぜ思い出せないのかと自身を責める傾向にあるという。しかし、そのような混乱に陥ることはまったく不思議なことではないので、まずは自分を責めず、レイプキットでの検査や、血液検査をしてくれる医療機関に向かうべきだと言う。

私も犯してしまった間違いは、すぐに婦人科に行ってしまったことである。開業医の婦人科にレイプキットが置いてあることはまずなく、レイプとドラッグ両方の検査を行うには、救急外来に行くべきだと先生は言う。

強制的に性行為が行われた場合は、救急外来に行く。自分でどう対処していいか判断しきれない時に、この選択がその後の運命を分けることになるのだ。このような経験をした直後の患者には、特別な配慮を心得ている医療関係者が必要だ。日本にも早く、ストックホルム南総合病院にあるようなレイプ緊急センターが設置されることを望む。

「合意の壁」

強姦事件の場合、主な争点となるのは、大きく言って、

①　行為があったか
②　合意があったか

の二点だ。

私の事件では、直後の検査をしなかったので、「精液の採取や体の傷の確認ができていない」と何度も言われたが、行為があったことは、山口氏も否定していない。もちろん、直後の検査はしておいた方が良いけれど、仮にそれをしていたとしても、証明できるのは①まで。

問題は②だ。

前述のように強姦事件は、大多数が顔見知りによる犯行だ。見知らぬ人に道端で突然襲われ、強姦された、というような事件では、合意の有無が問われることはまれだ。

しかし、顔見知りならどうか？　「女性が喜んで付いてきた。合意があった」と被疑者が言えば、それを否定するのは容易なことではない。①の「行為」があった証拠が完全に揃っていたとしても、警察で「一緒に部屋に入っただけで合意だ」と言われ、起訴されないことすらある。

私の事件の場合、私が引きずられるようにしてホテルに入ったのは、ビデオを見てもらえればわかると思うが、その後、部屋の中である程度の時間が経っている。その間、合意したのか、しないのか？

密室の中で起こったことは第三者にはわからない、と繰り返し指摘された。検事はこれを「ブラックボックス」と呼んでいた。

しかし、意識の無い状態で部屋に引きずり込まれた人が、その後、どう「合意」するのだろうか？　こんなことを克明に証明しなければならないなら、それは法律の方がおかしいと思う。

この「合意」の有無の判断については、驚くべき判例がある。

プロゴルファーを目指していた高校三年生の女子生徒が、師匠として教えを受けていた中年の男にレイプされた事件だ。男は少年ゴルフ教室を開いており、中学三年生の時からその生徒だった被害者とは、家族ぐるみの付き合いをしていた。

厳しい師弟関係で女子生徒のゴルフの腕前は上がり、プロを目指すというところまで上達していた。かなり激しい性格の持ち主らしい男は、被害者の面前で自分の息子に暴力を含む厳しい指導をしたり、少女が通う高校のゴルフ部顧問と口論したり、顧問がいないところで顧問のことを罵倒したり、ゴルフの邪魔になると言って少女の前髪を切ったり、少女がピアスをつけたり彼氏を作ったりすると激怒して止めさせたことがあった。

男は少女より三十八歳も年上で、遠征先のホテルで深夜二人きりで試合の打ち合わせをしたり、キャンピングカーの中で一緒に仮眠を取ったりすることもあったが、それまでにゴルフの指導者という立場を外れるような行為は一度もなかった。

男は常々、女子生徒に対し、「度胸がない。メンタルが弱いから負けるんだ」と指摘し、説教していた。事件当日、男は少女の自宅に電話をかけてゴルフの練習場に行こうと誘い、車で自宅まで迎えに行き、練習場とは反対の方向に連れ出した。

そして、「度胸をつけるためにこういう所へ連れてきた」と言ってラブホテルに入った。三十分ほどゴルフについて話をし、説教し、驚愕と混乱で固まってしまっている少女をレイプした。

あえてこの行為を「レイプ」と書いたが、これを読んだ人はどう思っただろうか。日ごろから厳しい指導を受けている信頼する指導者から、練習にかこつけて連れ出され、ゴルフの指導と関連があるかのような理由をつけて、ホテルに連れて行かれる。

まさか本当にこんなことをされるとは最後まで思わなかった、あるいは思いたくなかった、それまで一度も反抗したことがないコーチに対して、「拒否」の意思をどう示して良いかわからずに固まってしまった、というのが、少女の身に起こったことではなかったか？

しかし、この事件で被告は無罪になった。

拒否できなくなる「擬死」状態

ストックホルムのレイプ緊急センターの調査によると、70パーセントのレイプ被害者が被害に遭っている最中、体を動かすことができなくなる、拒否できなくなる、解離状態に陥るなどの、「Tonic Immobility」と呼ばれる状態になる。「Tonic Immobility」を直訳すると「擬死」、つまり、動物などが危険を察知して死んだふり状態になることだ。

しかし、日本における強姦罪の裁判で問われるのは、被害者が心の中で拒否していたかどうかではなく、「拒否の意思が被疑者に明確に伝わったかどうか」なのだ。

少女は明確に拒否しなかった理由として、精神的な混乱に加え、「拒否するとこの先ゴルフを教えてもらえなくなったり、悪口を言いふらされたりするのではないか、と考えた。自分が我慢すれば済むと思ってしまった」と供述している。

しかし、こうした精神的圧力について、判決は一顧だにしない。

極言すれば、「相手が嫌がっているとは気付かなかった」とさえ言えれば、法律的には合意があったことになってしまう恐れがあるということだ。

それが「合意の壁」だ。ちなみに、強姦罪で「拒否したかどうか」が問われるのは被害者が十三歳以上の場合で、十三歳未満なら、被害者の意思に関わりなく罪に問われる。

密室での出来事になってしまえば、それをどう証明するかは、決して簡単ではない。

さらに「合意があった」と強弁しやすいのは、相手に意識や記憶がなく、しかも密室の中で犯罪が行われた場合だ。これなら被害者は、自分は合意していないという事実を、第三者に明確に説明することができない。このようなケースが、「準強姦罪」にあたる。

量刑に変わりはないが、このように強姦、準強姦と名称を分けることすら日本特有の現象と言えるだろう。「準」とは、文字通りに解釈すれば、そのものではないが、それに近いもの、というような意味だ。英語で準強姦は「Quasirape」と、「rape」の頭に「quasi」がつけられる。「quasi」とは、ある程度そのような、類似した、などという意味である。

だから、「準強姦」を英語に訳すと、英語圏の人は「どういうこと?」という反応を見せる。「レイプにあたかもなどなく、レイプはレイプだ」と。

デートレイプドラッグを使った事件

準強姦事件の際は、アルコールやデートレイプドラッグが使われることが多い。

しかし、デートレイプドラッグの存在は、日本では一部を除いてまだ知る人が少ない。実際は、睡眠薬を使ったレイプ事件は多発しているが、一般の人にまでその危険性が浸透しているとは言い難い。

私の場合、事件の二日後に看護師の友人Sと話をした時には、一度投与されただけのこのような薬物は、二十四時間以内に体から出てしまうものと思っていた。

ところが、前述の長井先生曰く、一般の医療機関では難しいが、特別な研究室であれば、二日経っていても尿検査で薬物を検出することが可能だという。薬物を排出する期間は個人差があり薬物によっても異なるものの、血液検査であれば一週間後でも検出される可能性があるという。

先生のリサーチは、患者のMさんに出会ったことから始まる。Mさんは仕事が終わってから会社の上司二人、女性の同僚一人と飲みに出かけた。意識が戻った時にはホテルで裸にされ、上司二人から性的暴行を加えられていたという。アルコールに強い彼女は、記憶を失くすほど飲んでいなかったのにもかかわらず、記憶を失っていた。

長井先生は、これをきっかけにアメリカや日本の文献などを調べ、デートレイプドラッグの問題を深く認識するようになる。アメリカの強姦救援センターなどの調査報告を読んだ際、先生の目にとまったのが、「被害者から学ぶ」というコラムだ。そこにはおよそ、次のようなことが書かれていたという。

①　事件はレストランとかパーティとかクラブといった場所で起こる。そこで何者かが飲み物に薬物を入れ、彼女らが飲み物を飲んだ後、気分が悪くなったり感覚を失ったような感じになる。しかし、彼女らが数時間後に目が覚めた時には別の場所にいる。つまり、薬物を入れた場所と強姦が行われた場所は異なっている。

②　彼女らが再び意識を取り戻したとき、自分が強姦されたのかどうかはっきりしない

ことがある。服を脱がされていたり、衣服や体に精液が付着していたり、あるいは膣や肛門に裂傷やひりひりした痛みを伴う傷を受けたりということで痕跡を見出すこともある。

しかし、すべての被害者が重大な記憶の欠落を報告している。何人かの被害者は、短くてとぎれとぎれの覚醒した時期を覚えているが、それでも彼女たちの意識がないとき、彼女たちに何がなされたのか、誰がかかわっていたのか、何人の人がそこにいたのか思い出すことができない。

③被害者がこうした犯罪を警察に訴えても、記憶がはっきりしないという理由でほとんど却下される。

ある被害者は次のようにいわれたと語った。「相手の記憶はしっかりしている。なのにあなたは何も覚えていない。証拠もない。これでこの件は終わりだ」と。

被害者からも犯罪現場からも決定的な物的証拠は得られない。

ここに、薬物を利用した強姦事件の問題点が凝縮されている、と先生は感じた。

先生の患者であるMさんは事件後から会社に行くことが怖くなり、そのことが理由で解雇された。先生は、彼女の証言からデートレイプドラッグが使われた可能性があると考え、それを裏付けるために、アメリカでの調査報告を翻訳し、彼女の症状を医学的に立証。四年以上に及ぶ民事裁判の末、Mさんは勝った。

途中、Mさんは相手弁護士から、Mさん本人のみならず家族まで中傷されることが耐えられず、裁判をやめようかと悩んだ時期もあったという。しかし、PTSDや重度のうつ病など、精神的に大変つらい経験であったのにもかかわらず、「ここで諦めたら一生泣いて暮らすことになる」と裁判を続けることを心に決めた。

レイプドラッグとしてよく使われるのが、病院で簡単に処方される睡眠導入薬や精神安定剤などである。これらを患者に処方する際、長井先生は注意を促すという。それは百人に一人くらいの確率で、記憶をなくす副作用が生じるということだ。

たとえば、朝起きた時に、テーブルの上に半分くらい食べ残した弁当が置いてあるが本人は全く記憶がないとか、メールをした記録はあるが本人は覚えていない、というケースである。他人から見れば普通に行動しているように見えるのだが、本人にはまったく記憶がないという。

これらの薬物を、アルコールとともに用いると、さらにその副作用は増強される。

日本の報告例

二〇一五年には、さらに詳しく病理学的な解明を試みた論文が日本でも出ている。

「医薬品の不法使用―Drug Facilitated Sexual Assault（DFSA）に使用されるデートレイプドラッグ（date rape drug）について―」（清水恵子[1]、浅利優[1]、奥田勝博[1]、塩野寛[1]、松原和夫[2]　1＝旭川医科大学法医学講座、2＝京都大学医学部附属病院薬剤部『犯罪学雑誌』第82巻第2号35～43頁、日本犯罪学会、2016年）という論文だ。これはかなり専門的な内容なので、以下、嚙み砕いた上でポイントとなるところを、かいつまんで紹介してみよう。

論文によると、デートレイプドラッグが関与した犯罪は、日本でも一九九〇年代後半から起きている。最近では、元大学医学部講師の五十三歳の医師が、海水浴場で知り合った二十代の女性七人をマンションに誘い、飲酒させた上で睡眠導入剤を混ぜた料理を食べさせ、抵抗できない状態で暴行に及んだ。

「常習性の高い計画的な犯行で、卑劣な手口で被害者の人格を踏みにじった」と担当裁判長は厳しく非難したという。（ちなみに、なぜこの事件が有罪となったかと言えば、被害者が七人と多く、合意の壁を崩しやすかったためだろう。）

論文筆者らが一九九五年に関わった実例に、レンタルビデオ店の経営者らが、街で知り合った女子高生をカラオケに誘い、コーラに粉末状にした睡眠薬を入れ、朦朧状態にさせた上で性的暴行を加えて、販売を目的としたビデオを作成した事件がある。

この事件では、被害者に記憶がなかったため、当時の捜査当局は理解できず、薬の作用について法医学講座に問い合わせがあった。筆者らはアルコールと睡眠薬の作用により、薬を飲んでから一定期間の記憶を失うことを実験動物モデルで証明し、その時に脳の中で生じる神経伝達物質の変化を神経科学的に解明した。

この結果は、その後の公判で資料として使われているという。（これが証拠採用されたのは、販売用に撮影されたというビデオが存在したため、事実関係は証明されていたからだろう。）

アメリカでは、政府機関がインターネット上に「デートレイプドラッグ」についての警告サイトを展開して久しい。現在では、司法省、保健福祉省、ＦＢＩ（連邦捜査局）、ＮＩＨ（国立衛生研究所）、州政府、教育機関などのパブリックサイト、Wikipediaや医療関係の民間サイトが警告啓蒙サイトを立ち上げている。

これらの犯罪に使われる睡眠薬や睡眠導入剤などは、極めて入手が容易だ。薬理作用として、「催眠作用」があるために眠くなり、「抗不安作用」によって危険に対する反応が普段よりも鈍くなり、「筋弛緩作用」があるために体に力が入らず動きが鈍くなる。また、薬を飲んだ後の一定期間、記憶が断片的になったり完全になくなったりする「前向健忘」の作用もある。

日本国内で処方される医薬品の添付文書で、副作用としてこの「前向健忘」があげられている薬物の銘柄は５８８で、成分としては95薬剤。最も頻度が高い系統の薬剤では、これが使われているすべての薬剤について前向健忘が生じる可能性があり、定められた服薬量を少し超えただけで、その頻度は急激に高くなる傾向がある。

この系統の薬剤は一九六〇年代から前向健忘の報告がみられる。ある神経科学者三名の報告によると、学会に出席するため、時差ボケ防止の目的で飛行機内でアルコールと共にこの薬剤を摂取したところ、三名とも、その後十時間前後の記憶を失ったという。一人は、妻とともに入国税関手続きや市内観光、食事と会話の後ホテルに宿泊したが、その間の記憶が全くない。同行者たちの目には、普段と変わった様子は見えなかった。もう一人は、同じく入国税関手続き、飛行機乗り換え、ホテルへのチェックイン、現地研究者との研究打ち合わせと食事をしたが、まったく本人に記憶がない。三人目は到着した飛行場で旅行鞄が届かなかったため、入国税関手続きや両替を済ませてから、航空会社の遺失物取扱い係のところへ行ったが、すでに本人の筆跡で遺失物届出書類が提出されていた。しかし、本人はそのことを思い出せなかった。

日本国内にも報告例はある。不規則な当直で不眠症になり、初めて睡眠薬を飲んだ医師が、服用後すぐに寝て翌朝起きると、夜勤の看護師からお礼を言われたが、まったく記憶がない。病棟から往診を依頼され、夜中に通常通りに対応したという。

薬物を飲んだ際の朦朧状態では危険を回避する能力が失われるが、これは飲酒と重なるとさらに起こりやすくなる。飲酒量に注目するなら、泥酔して起こる記憶の喪失と比べ、圧倒的に少ない量の飲酒と睡眠薬の併用で、記憶の喪失が起こるという。

米国司法省の報告によれば、こうした薬物の代謝物を、毛髪から服用後三週間後に検出した例があり、事件から時間が経過した後も、毛髪から薬物の痕跡を検出する方法はある。

一九九〇年代から事件が頻発している現状を考えたら、今後は捜査機関が率先して米国並みの検査体制を整えるべきであり、被害者も医療機関でレイプキット検査が受けられると同時に、血液、尿、毛髪などもすぐに採っておくべきだ。事件直後の混乱した精神状態では、なかなか思い至らないが、あらかじめ知識を持っておけば、できないことではない。自分だけではなく、友人がそのような目に遭った時にも、アドバイスすることができるだろう。

「合意の壁」を崩したケース

デートレイプドラッグのことは、ここでひとまずおく。

日本での「準強姦」という犯罪を考えたとき、どんな条件が揃えば法的に「合意の壁」を崩せるのだろうか。裁判で有罪が認定されたケースを調べてみた。

著名な柔道家が、教え子の大学一年生をレイプして、準強姦罪に問われた事件がある。東京地裁で有罪が言い渡されたが、この事件は大学柔道部の合宿中の出来事で、目撃者が多かった。

被告とコーチや柔道部員総勢七人で焼肉屋へ行き、被告がグラスを上げたら一気飲みしなければならないというルールで、被害者を泥酔させた。そこからカラオケ店へ移動し、すでに動くことができなかった被害者をおぶって、被告は宿泊先のホテルへ戻り、被害者の部屋へ入り、ベッドで眠ってしまった被害者に対して犯行に及んだ。

彼女が気付いた時には、すでに性行為が行われていて、抵抗しようとしたが、力が強くて押しのけることができなかった。

被告が有罪になった大きなポイントは、供述に嘘があったことだ。被告は、被害者がカラオケ店にいる時から自分を誘うような行為を繰り返していた、と供述したが、彼女が泥酔してまったく動けない状態だったことは、そこにいた全員が見ていた。

被害者は、犯行の最中に指導者である被告を探して部屋を訪ねて来た部員に対し、彼に促されてドアのところへ出て応対し、「ここにはいない」と答えている。被告側がこのことを指して、「準強姦にはあたらない」と主張したが、裁判では、「尊敬する柔道の指導者から突然、性的な被害を受けたという狼狽と混乱の中で、被害者がどのような対応をとるべきかとっさに判断できず、とりあえず指導者である被告人の指示に従ってしまったということは十分にありうる」

と認定された。また、被害者は被告人をよく知っており、見ず知らずの者から襲われる場合とは異なる上、探しに来た部員に対する羞恥心もあるのだから、助けを求めなかったとしても不自然ではない、という解釈がなされている。

もっともだと思うが、それなら、なぜゴルフの師弟関係で起きたレイプでは、同じような精神状態が認められないのか、不思議に思う。

「反抗を著しく困難ならしめる程度」の暴行、脅迫があった場合に強姦罪を認める。つまり、被告の暴行や脅迫で、被害者が抵抗するのは困難だった、という状況を証明しなければ、通常、被告は有罪にはならないからだ。スポーツの師弟関係にある、といったような、心理的な脅迫は認められないことが多い。

「暴行・脅迫」の証明の必要性は、今回の刑法改正でも重要なポイントの一つになった。被害者がそれほど抵抗していないように見えるなら許されるのか？　という疑問の声が上がるのは当然だ。70パーセントの性暴力体験者に、被害の最中に体が動かなくなる擬死症状が出る、という調査結果を忘れてはいけない。

旧刑法のこの条文が出来た百十年前は、完全な家父長制の時代だった。女性の意思など、公的には認められていなかった。男性ですら、すべての人が選挙権を持たなかった時代だ。その頃の精神でできた法律を、今のケースに当てはめて裁くのは、相当に無理があったのは確かだ。

しかし、残念ながら二〇一七年の法改正でも、この点が改正されることはなかった。

「監護者性交等罪」「監護者わいせつ罪」として、親などが十八歳未満の子どもに強姦やわいせつ行為を働くケースは罪に問えるようになったが、監護者にスポーツの監督などは含まれなかった。

今後起きるかもしれない強姦罪においても、被害者が十三歳以上であれば、「暴行・脅迫」の証明が必要だ。それが難しい「準強姦」事件では、さらに高く「合意の壁」がそびえている状況に変わりはない。

今回の法改正には、施行後三年をめどとした「施策の在り方の検討」が行われる道もある。この機会に、「暴行」「脅迫」の証明の緩和が必要である。ゴルフの師弟の事件のように、目に見える暴行や脅迫を行わずとも、関係を強要することが可能な場合があるからだ。

社会に対して、「NOと言わなければNOではない」ではなく、「YESがなければ同意ではない」という教育もしていかなければならない。

今回の法改正で、被害者の親告は不要になった。つまり、被害者自ら告訴しなくても立件できるようにはなったが、捜査の過程や法廷で被害者を苦しめる「セカンドレイプ」の問題が改善されなければ意味がない。

むしろ告訴しないことを望むという被害者が多くなりがちな現状を変えるには、こうした司法システムを、さらに改善しなければならないだろう。

第7章　挑戦

話を私の事件に戻す。今回の事件で、性犯罪をめぐる法体制と並ぶ大きな問題は、なぜ当日、逮捕が取り止めになったのか、だ。

私はA氏と話した時、「組織の問題がありますか？」と率直に訊ねた。

そうだと思うが、確証はない、とA氏は答えた。

A氏は逮捕が取り止めになった当日、「ストップを掛けたのは警視庁のトップ」と言ったが、捜査一課と二課は刑事部に所属しており、その上には刑事部長がいる。「トップ」というのは、「刑事部長」を指すのではないか、という情報を私があるジャーナリストから聞いたのは、二〇一五年の秋頃のことだった。

当時の刑事部長は、中村格《いたる》氏だった。A氏によると、逮捕当日、その後の聴取に備え、捜査資料はすべて高輪署に揃えていたという。それなら、中村氏は何を見て、どのように逮捕の中止を判断したのだろうか。

仮に上からの圧力で現場の判断が捻じ曲げられるとしたら、そのことをどう思いますか？　と、その時私は訊ねた。

自分はそうなりたくはない、そう思って仕事をしてきた、とA氏は答えた。

「上からの圧力がかかることは、前からありましたか？」

「ありました」

しかし、これはあくまで圧力の話であって、逮捕が当日にいきなり取り止めになるようなことは一度もない、とA氏は言った。

清水潔さんの本を読む

ジャーナリストとして私は、それまでに当然、マスコミに訴えること、自分でこの問題を記事にすることも考えた。最初のタイミングは、逮捕状が執行されなかった時だった。このまま黙っていたら捜査が捻じ曲げられてしまうのではないか、と恐れたからだ。と同時に、なるべくたくさんの人たちに、この「準強姦罪」の問題点を知ってもらいたかった。

まずは、ロイターの上司に相談した。

上司には、早くから事情を打ち明けていた。事件の直後、あまりに私の休みが続くことを不審に思った彼に問い質され、膝の治療のせいばかりにはしていられなくなったのだ。心配してくれていた親しい同僚にも、話すしかなかった。会社に来られない理由で、嘘を重ねることが嫌だった。

山口氏の逮捕が突然取り止めになった時、この問題を取材してニュースにできないか、とロイターの中で提案した。すると、強い関心を示す同僚はいた。

しかし、会議にかかったところで支局長は「この問題を取り上げることはできない」と言った。その理由は、身内が受けた被害であるため、取り上げ方がどうしても客観性に乏しくなるから、だった。

また、主に海外のメディアにニュースを配信するロイターでは、国内のこのようなニュースについては需要がなかったこともある。当時は、警察にあっても私の手元には証拠や証言があるわけではなかったので、確かに難しかっただろう。

それなら、どこが報じてくれるのか。

ニュース性を問われる上、何かしらの語れる事実が必要であった。一刻も早く何らかの形で、この捜査の流れを変えなければいけなかった。

そこに、一つのタイミングが来た。警視庁が、やっと事件を書類送検することになったのだ。このチャンスを逃してはいけなかった。伝手を辿って、清水潔さんに相談してみよう、と思い立ったのも、その頃だ。清水さんはこれまでに、「桶川ストーカー殺人事件」や「足利事件」などの取材で、警察や検察の捜査を覆す数々のスクープを放った著名なジャーナリストだ。

逮捕状についての連絡がある前、友人の家を訪れた際、彼女の玄関に本棚があり、そこで靴ヒモを結んでいる際に目に入った本が、清水さんの著書『殺人犯はそこにいる　隠蔽された北関東連続幼女誘拐殺人事件』（新潮社）だった。

「これ何？　すごいタイトルの本だね」

というと、彼女は、

「あ！　貸そうと思ってたの。この本は絶対に詩織は読むべき。ドイツへ行く飛行機で読んで」

と、手渡してくれたのだ。

このタイミングで出会ったことが運命であったかのように、この本は私に大きな影響を与えた。

栃木県と群馬県の県境、半径十キロメートル以内で起きた連続幼女誘拐殺人事件。いずれも似た手口で、五人の幼女が犠牲になったが、その中の一件だけが「足利事件」と独立して呼ばれ、解決されていた。

犯人とされた人物は、すでに刑が確定して服役していたが、他の四件は未解決のまま。それらの事件との関連が強く疑われる男が、逮捕されないままに社会生活を送っていた。

もしも、その男が犯人だったら。現在服役中の人物は冤罪ではないのか？

彼は実際、冤罪を訴え続けていた。

清水さんは圧倒的な取材力で、警察の欺瞞に満ちた捜査と、組織を守るための隠蔽行為を暴いていく。清水さんの取材がきっかけで、「足利事件」の犯人として服役していた菅家利和さんは、再審が認められ、無罪となったのだ。

当時の私の心に強烈な印象を残したのは、司法当局と被害者、そしてメディアに対する清水さんの深い洞察だった。犯人を逮捕し、裁きさえすれば良しとする司法当局と、真実を知りたいと願う被害者遺族。その根本的な違いと、警察がつくった「物語」を報じるだけのメディア。

誤認逮捕された菅家さんは、自供を強要する警察についてはあきらめても、いつか立派な人が出てきて自分は無罪だとわかってくれるはずだ、と漠然と信じていたのだ。

こんなフレーズが心に響いた。

「謎を追う。事実を求める。現場に通う。人がいる。懸命に話を聞く。被害者の場合もあるだろう。遺族の場合もある。そんな人達の魂は傷ついている。その感覚は鋭敏だ。報道被害を受けた人ならなおさらだ。行うべきことは、なんとかその魂に寄り添って、小さな声を聞き、伝えることなのではないか。

権力や肩書き付きの怒声など、放っておいても響き渡る。だが、小さな声は違う。国家や世間へは届かない。その架け橋になることこそが報道の使命なのかもしれない、と」

清水さんは、車内に子どもを置き去りにした遺族を、決して責めない。どんな事件や事故も、「特殊な人たちの特殊な事例」として突き放すことはしない。

この本で私は、警察や検察のシステムと組織の力学を学んだ。そして次の言葉は、ジャーナリストとしての私が目指すべき指針になった。

「小さな声にこそ耳を傾け、大きな声には疑問を持つ。何のために何を報じるべきなのか、常にそのことを考え続けたいと私は思う」

清水さんは現在、日テレに所属している。私も以前に日テレのニューヨーク支局でインターンをしていたこともあり、メディアの中での立ち位置を考えても信頼できた。

知り合いに聞いた連絡先に連絡すると、清水さんはすぐに相談に乗ってくれた。そして、それなら警視庁担当がいいんじゃないか、という判断で、日テレの警視庁記者クラブの人を紹介してくれた。

マスコミの冷たい反応

日テレの警視庁担当記者は、話を聞いた当日に私のインタビューを撮った。当初は書類送検のタイミングで報道しようと動いていた。なぜ逮捕状が使われなかったのか調べ、検察が動く機会に合わせて、正当な捜査が行われたのかを報道で問うチャンスであった。

しかし、実際に書類送検されても、報道されることはなかった。次は、

「年明けのタイミングで出したい」

と、二〇一五年の年末に連絡が来た。が、これも実行されることはなかった。最後は、

「不起訴になったら報道する」

と言われたが、その場合どういう切り口で報道するのか、正直、不信感を持った。不起訴という結果が出てしまったタイミングで、どうやって真実を伝えるのか。わからなかった。

私は、こんなやり取りに疲れてしまった。

いろいろ手を尽くしても、小さなチャンスでさえ、ただ流れていくだけだった。当時の私にできることは、検事の判断を待つこと。もう他には動けなかった。下手に動いたら検事の判断に影響する、と、弁護士からも厳しく言われていた。

二回目の検事との面談で、もうすぐ不起訴という結果が出るのではないか、と察知した時、

「不起訴になったら報道する」

という彼らの言葉を、どこかでそのまま受け入れていた自分が、どれだけ愚かだったかに気づいた。よくよく考えてみたら、そんなことがあるわけがなかった。不起訴になったら口封じされてしまう。このことについて問題点を挙げるどころか、不起訴が事実として受け止められてしまうのだ。それが真実でなくても。だからといって、他に何も

できることはなかった。結果を受け入れるしかなかった。

やはり、不起訴になっても、日テレがこの事件を報じることはなかった。

果たしてこの国で、司法が出した結果について、疑問を持って報道するようなメインストリームのメディアが現在あるのだろうか?

組織に属する警視庁担当記者が、自由にものを考えて報じることは難しいのだろう。それなら、願わくは、毎回正直に話して欲しかった。「次のタイミングなら報道できる」と後回しにするのではなく、なぜ報道できないのかを。

その説明がないまま、彼らは私に会うたびに、新しい情報を求めた。

担当弁護士に会いたいと言われ、一緒に面談したことが何度もあった。結局、私が会見するまで一度もその内容を報道しなかったことから、一時は警視庁担当記者が、私の持っている情報や次の予定などを、当局に流しているのではないか、とまで考えてしまった。その不安は、A氏にも同時に抱いた。

誰を信用していいのか、もう分からなくなった。

東京新聞の記者にも会った。彼女は優秀な論説委員として知られ、親身に話を聞いてくれた。しかし、やはり事件として報じるにはタイミングが難しい、と言われた。

「逮捕された」のならニュースになるが、「逮捕されなかった」では、どのように報じるのか難しい、と説明する人もいた。

客観的に見て、確かに公判維持のためには証拠が不足しているかもしれない。しかし、この場合、「逮捕されなかった」ことそのものが通常ではあり得ない事態であり、そこにこそ調査報道の価値があるのではないか。

何を言ったところで、結局はニュースとして報じる価値があるかどうか、判断するのはメディアだ。そこにはさまざまな事情があるだろう。わかってはいるが、捜査機関に続き、報道機関に訴えても、目の前で次々とドアが閉まっていくことには、茫然とした。そして「不起訴」という言葉は捜査の末の「事実」として言い渡され、それが真実でなくとも、私の口を覆う猿轡となった。

不起訴が決まって、しばらくこの事実について蓋をした。これ以上考えたくなかった。一年四ヶ月に及ぶ捜査に疲れきっていた。そしてその結果がこれだ。この国の司法やシステムと戦い続ける間、私の心の傷は置き去りにする以外なかった。

だが、それはむなしい努力だったのだ。司法やシステムの問題は、やはり未解決のまま終わる。

友人や家族にも、すぐにはこの結果を伝えることはできなかった。事件から一年四ヶ月が経って、彼らにはこの件について話さなくなっていた。彼らも、私が忘れようと必死なのだろうと考え、掘り返してはいけないと気遣ってくれたようだ。私は、彼らの前で普通に振る舞うだけで精いっぱいだった。

メアリー・F・カルバートの写真

フリーランスとしての仕事は、少しずつだが、順調に進んでいた。

しかし、このまま日本でこの件について言及を続け、突き進み、法律改正や捜査のシステムについて異議を唱えていたら、いくらフリーランスで海外メディアを相手にしていても、もう日本でこの仕事を続けることは難しいのかもしれない。

この頃、友人Iが、ゲストとして安倍総理やメディア関係者も出席することがある国際女性ビジネス会議に参加した際、会場のホテルで山口氏らしき人物を見かけたという。

彼女は私の大変仲の良い友達で、この事件についてのリサーチなども手伝ってくれている。事件の経緯をよく知っていたIは凍りつき、すぐに私に連絡をしてくれた。私も取材で訪れるような会である。本当に山口氏本人であったかどうかはわからないが、実際にいつどこで顔をあわせるか、隣り合わせの会社を離れた後でもわからないことだった。

そんな風に感じていた頃、ある写真展を観に行く機会があった。例年、東京都写真美術館で開催される「世界報道写真展」だ。その前年にも足を運び、写真一枚で被写体の人生を語ってしまう素晴らしさに圧倒された。この年も、楽しみに出かけたのだ。

そこで、「長期取材の部」一位として展示されていた、メアリー・F・カルバートの写真に、目が釘付けになった。

米軍の中で頻発している、一連のレイプ事件を追いかけた報道写真であった。性暴力の被害者のそばに長く深く寄り添い、その傷跡をなぞっているような長期報道の写真だった。

「よくある話」として、ニュースに取り上げてもらえなかった自分の事件の経験から、レイプというトピックを世界報道写真展で目にするとは思ってもいなかった。

性暴力は、被害者のその後の人生に大きく関る。長いあいだ、その被害者と家族を苦しめる。癒えない傷、長く続く裁判、仕事に復帰できずホームレスになる者、その苦しみから抜け出せず命を絶つ者。その苦しみが、彼女の写真に克明に写し出されていたのだ。

中で最も印象に残ったのは、上司にレイプされ、その後命を絶ってしまった一人の女性だった。彼女の日記に描かれた、リストカットされた手首の絵が写る写真の前で、私は動けなくなってしまった。

その絵の脇には、彼女のこんな言葉が書き残されていた。

"IF ONLY IT WAS THIS EASY."

これがこんなにも楽だったら。

「これ」とは、血の流れた手首の絵のことだろう。死ぬこと、この痛みに終止符を打つことを指している。そして、実際に彼女は命を絶った。

今でもその絵を思い浮かべるだけで、抜け出せない深い闇に放り込まれるような感覚になる。その手首の生々しい傷跡を、私は他人事として見ることができなかった。

© Mary F. Calvert

その女性、キャリー・グッドウィンさんは、所属していた海兵隊に被害を訴え、かえって懲戒除隊の処分になった。彼女の父、ゲイリー・ノーリングさんは事情を知らず、娘が休暇で家に帰って来たのだと思っていた。バス停まで迎えに行った五日後、キャリーさんは大量飲酒をして自殺をはかった。

彼女の死後、届けられた私物の中に日記を見つけたゲイリーさんは、娘がなぜ死ななければならなかったか、初めて知ったという。日記の末尾には、「お父さんには言うべきだったのに、どうしても話せなかった」とあり、そこには何が起こったのかも書かれていた。

キャリーさんが命を絶った後、彼女の写真が置かれた昔のままの部屋で、一人たたずむゲイリーさんを捉えたメアリーの写真からは、残された家族の苦しみが痛いほど伝わってきた。

レイプはどの国でも、どんな組織でも起こり得る。組織は権力を持つ犯罪者を守り、「事実」は歪められる。キャリーさんの身に起こったことは、決して珍しいことではない。

今までに一体、何人の人が、心を押し潰されたまま生きることを強いられたのだろう。一体何人の人たちが、彼女と同じように命を絶ったのだろう。

事件後、私も同じ選択をしようとしたことが、何度となくあった。自分の内側がすでに殺されてしまったような気がしていた。

どんなに努力しても、戻りたくても、もう昔の自分には戻れず、残された抜け殻だけで生きていた。

しかし、死ぬなら、変えなければいけないと感じている問題点と死ぬ気で向き合って、すべてやり切って、自分の命を使い切ってからでも遅くはない。この写真に出会って、伝えることの重要さを再確認し、そう思いとどまった。

キャリーさんの口からは、もう何も語られることはない。だが、一人のフォトジャーナリストのカメラを通して、彼女は強いメッセージを残した。私にはまだ話せる口があ

© Mary F. Calvert

り、この写真の前に立てる体がある。だから、このままで終わらせては絶対にいけない。私自身が声を挙げよう。それしか道はないのだ。伝えることが仕事なのだ。沈黙しては、この犯罪を容認してしまうことになる。

検察審査会への申し立て

私に残された手段は、検察審査会にこの件を持ち込むことだけだった。

どんな結果になろうと、可能性のあることは、すべてやってみよう。ほんの少しでも、私はまだこの社会に希望を持っていたかった。そして、残されたすべての道を進んでみないことには、問題点を語り尽くせない。

検察審査会は、不起訴処分とされた事件を被害者が不当と感じた場合に、検察の判断が妥当だったかどうかを審査してもらえる制度だ。

選挙権のある国民の中から、くじ引きで選

ばれた十一人が審査員となり、提出された捜査記録をチェックする。場合によっては検察官から意見を聞いたり、中立人や証人の尋問などを行う。討論の結果、検察の判断を覆して「起訴相当」の議決が出ることもあるが、それには十一人中八人以上の賛成が必要だ。

「不起訴相当」、つまり不起訴の判断で間違いないという場合や、「不起訴不当」、つまり処分に納得がいかないので捜査をし直すべき、という場合は、六人以上の賛成が必要だ。

たとえ起訴相当の議決が出たとしても、その後は簡単ではない。検察官の再捜査が行われる。ここで起訴の判断になる可能性もあるが、再び不起訴の判断が出ることもある。その場合は審査会に差し戻され、もう一度八人以上が「起訴相当」と判断すれば、強制起訴されることになる。強制起訴とは、検察の同意なしに起訴に踏み切ることだ。

検察審査会に申し立てをすると決めてから、証拠開示請求を済ませた。検察の持っている証拠を開示してもらう作業だ。被害者であればこの権利が得られる。

何も出してこないのではないか。あるいは、出てきてもすべて黒塗りの書類なのではないかと、期待はしていなかったが、数ヶ月後に開示された証拠を見て、先生方が驚いていた。不起訴にしては多くの証拠を出してもらえた、と。

また、自分でも出来る限り証拠や証言を集めた。これには時間を要したが、これでようやく準備ができた。

高輪署から事件が移った後、警視庁で私は、さらに捜査を深めるために、これからタクシー運転手や他の証言者たちに会う、と説明された。

その後、どのように調書が書き直されたのかは謎が残るままだった。

検察審査会の準備にあたり、私はタクシー会社と運転手を探し当て、彼の運転するタクシーに乗り、話を聞いた。

彼はあの日のことを、「印象的だったのでよく覚えている」と言った。二年近く経つのに、私たちの様子を鮮明に覚えていたことに驚いた。

この時聞いた話は、A氏から当時聞いていた内容と一致した。その時聞いた詳しい証言内容は、以下の通りだ。

再びタクシー運転手の証言

・今から二年ほど前の金曜日の夜の午後十一時過ぎに、男女二人を恵比寿南の交差点付近で車に乗せた。男性はグレーっぽい背広の上下、短髪に眼鏡をかけ、あご髭があり、女性の方は、ズボンにブラウスのボーイッシュな感じの服装。寿司が美味しかったというような話をしており、恵比寿南の交差点の近くにある高級寿司店で食事をしたのかな、と思った。男性が手前側、女性が奥側に座った。

・車に乗り込むと、女性が、恵比寿南一丁目の交差点付近で、「近くの駅まで行ってください」と言った。最寄り駅は恵比寿駅だが、進行方向とは逆だったので、「目黒駅が一番近いです」と答えると、女性は「それでは、目黒駅に行ってください」と言った。このときは、男性は何も言わなかった。

・車内では二人は仕事の話をしていたようだった。そこで、二人は恋人同士ではなく、仕事上の付き合いなのだと推測した。

・女性の方は、「厚生中央病院前」の交差点付近でも「目黒駅へお願いします」と言った。このときも、男性は何も言わなかった。

・目黒通りと交差する交差点まで近づいたとき、私が「そろそろつきますけど」と聞くと、男性が「都ホテルに行ってくれ」と言った。女性の方は「その前に駅で降ろしてください」と言ったが、男性がさらに「まだ仕事の話があるから、何もしないから」などと言っていた。そのあたりで女性は静かになったようだが、後ろを振り返っていないため、女性がどのような状態だったかは分からない。

・再度男性に、「ホテルでよろしいですか」と確認し、シェラトン都ホテルに向かった。シェラトン都ホテルの車寄せに付けると、男性の方が料金を支払い、女性に降りるように促していたが、女性の方は一向に動かなかった。

・金曜日の夜でかき入れ時で早く降りてもらいたかったので、後ろを振り返った。
・男性は女性の体をドア側に引き寄せようとしたがうまく行かず、いったん降りてカバンを外に置き、女性の脇に肩を入れて引きずり出すように車から降ろした。
・女性は、男性に抱きかかえられるような感じでホテルに入って行った。その時はホテルのボーイさんもいて心配そうに見ていた。
・二人が降りた後、車を出してしばらくして、いわゆるゲロの匂いとも違う、酢と洋酒が混ざったような匂いがした。やられた、と思って後部座席を確認すると、女性が座っていた奥側の席の下に、消化されていない食べ物がそのまま吐かれていた。
・車の清掃をしなければならなくなり、会社に戻った。もう遅い時間だったため、その日の仕事はそれで終わりになった。

「警視庁の捜査報告書」への疑問

なぜ、私が自身で再度、この証言を聞かなければいけなかったのか。

それは、警視庁で作成された捜査報告書には、「『駅で降ろして下さい』と女性が何度も言っていた」というタクシー運転手の証言が入っていなかった、という情報を得たからだった。

私は捜査一課で、これまでに聴取が済んでいる関係者にも、もう一度話を詳しく聞く、という説明を捜査員から受けた。タクシー運転手が高輪署の聴取に応じたのは、捜査一課に担当が移る一月ほど前だった。だから、この情報が入った時は、警視庁で聴取を受けた際は、彼の記憶が薄れてしまっていたからなのか、と考えた。

しかし、それは違った。

彼は、二年近く経っても鮮明に覚えていたのだ。聞いてみると、不思議なことに彼は、高輪署の捜査員としか話をしていないことがわかった。几帳面な運転手さんの手帳に、しっかりと日付がメモされていたのだ。

彼は、最初に彼の勤めるタクシー会社に高輪署から電話があったのは二〇一五年五月十三日で、品川駅の交番に来てくれないかと言われ、そこで高輪署の捜査員と話をしたと言う。

その時は事件のことを聞かれ、メモをとられた程度だったという。そして、その数日後に高輪署に呼ばれ、正式な調書を取られた。

警察で話を聞かれたのは、この二回だけだ、と運転手さんは言う。

ということは、高輪署から警視庁捜査一課に事件が回されてから、彼は一切事情聴取されていないことになる。それでは、私が捜査一課で新しく関係者に聴取し直す、と聞かされた説明は何だったのか。捜査一課の捜査報告書とは、一体何なのか。

会見を思い立つ

検察審査会に申し立てをするその日に、顔を出して会見することを考えた。しかし、すぐに決心がついたわけではない。警察に行く時にも大きな決断が必要だったが、それよりももっと大きな溝を飛び越える、いや、むしろ崖から飛び降りるような勇気が必要だった。

最初は、他の性犯罪被害者や人権団体の人たちと一緒に会見することを考えていた。ちょうどこの時に痴漢について取材をしているところで、痴漢行為や性暴力を加えられた女性たちの話を聞いたり、その取材から派生して強姦被害に遭った方ともお会いし、話を聞くことができた。

この頃、刑法改正案が国会に提出されることになり、他の性暴力被害者と並び、強姦罪、準強姦罪の問題点と、法改正に伴い改善が必要な点について話さなければならない、と思ったのだ。

両親にもそのことは相談し、すでに了承をもらっていた。

しかし、準備を始めてはみたものの、会見する日にちを決めようと思うと、様々な不安がこみ上げた。

私自身の事件は、検察審査会への申し立てをするため、まだ終わっていなかった。そして、これはまた別の問題をはらんでいる。会見で、もしくは個別の質問で聞かれた場合は隠さずに自分の経験を語ることを決めていた。この経験がなければ、なぜ改善が必要なのか具体的な話ができなかったからだ。

しかし、山口氏のことに触れられた場合、捜査や司法システムについてではなくゴシップのように扱われるのではないか？　また山口氏が左遷されてから、多くの右寄りのサポーターが付いていると聞いていた。政治的な部分にスポットライトが当てられるのではないだろうか？

一旦考え始めると、政治的理由で攻撃を受けるのではないか、住んでいるところがばれるのではないか、家族や友人にも迷惑がかかるのではないか、などと、尽きない不安がこみ上げてきた。

実際にそんなことが起こったら、どう対処し、どう周りの人たちを守れるのだろうか。事件から二年近く経ち、少しずつ眠れるようになってきたはずなのに、またもや不眠が続いた。

ストレスのせいだろう、髪の毛がどんどん抜けていた。鏡に映るたびにボロボロになっていく自分に耐えきれなくなり、長かった髪を切ることにした。

今までずっとロングヘアだった。小学校の時に、ショートにしたのが最初で最後だった。四十センチほどバッサリと髪を切り落とし、ボブくらいの短さにした。過去をすっかり切り落としたような気分になった。

しかし、隠しきれない精神的な負担が体に現れてしまっていることは、苦しかった。私の踏み出そうとしていることには、かなりの気合が必要だった。髪の毛を切ったのは気合入れの儀式の一つであったと思う。切ってしまったらどうってことはないのだが、不思議なことに切る前は変に緊張した。短くても意外と気にならなかったので、いっそのこと、スキンヘッドにしてしまおうかとも思った。そうすれば髪が抜け落ちることも心配しなくていい。

「週刊新潮」の取材を受ける

その頃、再び清水潔さんから連絡があった。近況を聞きたいとのことで会って話をすると、清水さんを通じて「週刊新潮」から私に、この事件を取材したいと申し入れがあるのだという。彼らは二〇一六年からこの事件を追いかけていたが、なかなか私に辿り着かなかったとのことだった。

私は、持っている事実と真実ならすべてお話しします、と答えた。公平に書くのであれば、山口氏にインタビューすることは必要だし、その結果、どのようなアングルで記事が書かれるのか、まったくわからなかった。

それでも、私は聞かれたら今まで通り、同じ話を繰り返すことを心に決めていた。逃げも隠れもする必要はなかった。

打ち合わせを約束したものの、二〇一七年三月になって、私は南米コロンビアまで取材に出かけることになった。コロンビア政府との和平協定に向けた協議が進んでいた左翼ゲリラグループ（民族解放軍）と接触し、その現状や女性兵を取材するのが目的だった。

会見のことで思い悩んでいた頃だったため、まずは自分の仕事に打ち込める時間ができて嬉しかった。

コロンビアに滞在中、「週刊新潮」から再び連絡があった。どうしても記事にしたいので、帰国したら会いたい、とのことだった。

帰国して、すぐに会うことになった。その席には、清水さんや編集長も同席した。編集部としては、すぐに取材を始めたいと言う。私は、なぜ私がこの話をするのか、その大前提についても触れるという確約をもらい、取材に協力することを了承した。

大前提とはもちろん、司法や捜査、性犯罪ホットラインなどのシステムの改善に、今国会での法改正とともに取り組むべきという主張だった。

またこの時点では、もうすでに自分の名前や顔を出して話をする決意ができていたが、清水さんは「今の段階ではそれは止めた方がいい」と言い、「週刊新潮」の記者たちもそれに賛成した。

最初の記事は、このミーティングから一週間も経たないうちに、「週刊新潮」五月十八日号に掲載された。

掲載については、弁護士の先生たちとよく話したかった。しかし、ちょうどゴールデンウィークだったこともあり、すぐに先生たちとのミーティングができなかった。

一方、「週刊新潮」の記者たちは、私と会った翌日にはすでにホテルへの取材を始めていた。ホテルの保安係は警察のＯＢなので、新潮社がこの件について取材しているという連絡は、すぐに警視庁内に入っていた。

この記事が出たらどうなってしまうのか。

予想もできなかったが、すでに周りで物事が動き始めたいま、掲載日を遅らせることは危険だという判断だった。

確かにそうだった。

今までのことを考えると、どんなストップが入るか分からなかった。

「何かおかしな動きがあったらすぐに知らせて下さい」と「週刊新潮」の記者に言われた。自宅の周辺に不審な動きがあったら、すぐに居場所を移すと約束してくれた。ゲラ（確認のための校正刷り）が出る一日前、自宅周辺で不審な動きがあった。すぐに荷物をまとめて自宅を出た。

五月十日、発売日を無事に迎えた。

掲載された記事の、事件に関するところは私やA氏が一つひとつ積み上げてきたメールや証言、証拠で構成されていた。

しかし、何よりも一番大きかったのは、「週刊新潮」編集部の取材により、「自分が山口氏を逮捕させなかった」と、当時の刑事部長が認めたことだった。

「私が決裁した」

以下、記事の内容を要約して紹介する。

〈この事件をよく知る警視庁担当記者の解説では、山口氏の逮捕状を取るまでの間、高輪署による捜査状況は、警視庁（刑事部）捜査一課にも報告されていた。準強姦の案件なのだから任意ではなく、強制性のある逮捕でなければ意味がない、という認識だった。ところが、「山口逮捕」の情報を耳にした本部の広報課長が、「TBSの記者を逮捕するのはオオゴトだ」と捉え、刑事部長や警視総監に話が届いた。

なかでも、菅（義偉）官房長官の秘書官として絶大な信頼を得てきた中村格刑事部長（事件当時）が隠蔽を指示した可能性が、これまでに取り沙汰されてきた。

中村氏とは、昭和六十一年警察庁入庁組のエース。民主党政権時代に官房長官秘書官を務めていて、自民党が政権を奪取した後は任を解かれる見込みだったが、「やらせてください」と菅氏に土下座せんばかりだった。

そこで留任させたところ、得意の危機管理能力を発揮し、将来の警察庁長官間違いなしとまで菅氏に評価されているという。

「週刊新潮」編集部は中村氏本人に、「トップの意を受け、あるいは忖度して捜査を中止したのか」と問うと、

「ありえない。（山口氏の立場に）関係なく、事件の中身として、（逮捕は必要ないと）私が決裁した。（捜査の中止については）指揮として当然だと思います。自分として判断した覚えがあります。事件が最後にどう評価を受けているかを見てもらえば……」

と答えた。（「週刊新潮」二〇一七年五月十八日号）〉

また、「週刊新潮」の取材に対して、山口氏は思いがけない対応をした。編集部が山口氏に送った取材依頼書を、彼は「北村」なる人物に転送しようとして、誤って編集部に返信してしまったのだ。「週刊新潮」は次号で、その件について報じた。以下は、その内容の要約だ。

〈山口氏は五月八日、フェイスブックで「週刊新潮」から取材を受けた感想を綴っていたが、そこには安倍首相の昭恵夫人が「いいね！」を押している。加えて、その取材依頼書をメールで送った後のこと。

「北村さま、週刊新潮より質問状が来ました。伊藤の件です」

というメッセージが、なぜか「週刊新潮」編集部に届いた。「北村さま」に転送しようとし、誤ってそのまま編集部に返信してしまったのだ。その文面から、かねてから山口氏と北村氏の間で、今回の事案が問題視され、話し合われてきたことがわかる。

北村と聞いて頭によぎるのは、北村滋・内閣情報官を措いて他にない。

国内外のインテリジェンスを扱う内閣情報調査室のトップを五年あまり務め、今夏には官房副長官への就任が確定的と言われる北村氏は、今年だけで「首相動静」に五十四回も登場する。「首相動静」には現れない、水面下での接触も推して知るべしで、総理の一番近くにいる人物の一人なのだ。

「週刊新潮」編集部が、この点を山口氏に質すと、

「私がこの件を含む様々な相談を差し上げている民間人でご指摘の人物ではない」

と否定し、北村氏は、

「何もお答えすることはありません。すいませんが。（いつから相談を？）いえいえ、はい。どうも」

という対応だった。官邸と山口氏の関係に詳しい記者たちに聞いてみたところ、

「北村滋以外いないでしょ」

と誰もが口にする。官邸重用の警視庁刑事部長、昭恵夫人、北村氏と、山口氏の周囲

に総理周辺の名ばかり挙がるのは偶然だろうか。

何よりも、当時の中村格・警視庁刑事部長が、管轄署である高輪署の捜査を邪魔して逮捕状を握り潰さなければ、山口氏を一躍スターダムに押し上げた『総理』の出版も、その後のコメンテーター活動も、ありはしなかったのだ。（「週刊新潮」二〇一七年五月二十五日号）〉

当時刑事部長だった中村格氏が自分の判断で逮捕を差し止めたと認めたこと、山口氏が以前から「北村氏」に私のことを相談していたこと、この二つの事実がわかったのは、本当に大きな進展だった。

特に中村氏については、まさか認めるとは思わなかった、というのが率直な感想だ。素晴らしい「週刊新潮」記者の取材であった。

二年間、同じことを訴え続けて、何も変わらなかったことが、大きく動いた瞬間だった。

第8章　伝える

「週刊新潮」の記事をきっかけに、事件は大きく動いた。しかし、記事の方向性は、必ずしも私が望んでいたものと同じではなかった。確かに山口氏の人脈と逮捕が止められたこととの関連は、この事件の根幹の一つだ。繰り返すが、その一端が明らかになったことには感謝している。

しかし、あくまでも私が伝えたかったのは、被害者が泣き寝入りせざるを得ない法律の問題点や、捜査、そして社会のあり方についてだ。なぜこの話をするのか、それを記事の終わりに入れるという約束のもとに、私は取材に協力したのだ。

私の伝えたかったことがたくさんの人に届いたとは、まだ言えなかった。

「被害者A」ではなく

記事の中で、私は依然として、顔も名前もない「被害女性」だった。私は「被害者」というこの避けようのない言葉がまとわりついてくるのが好きではない。被害者は私の職業でもなければ、私のキャラクターでもない。このことを世の中の人たちに話そうと思った時、私はこの先の一生を「被害者」という名前で生きていかなければならないのか、と絶望的な気持ちになった。

近年、被害者の遺族が実名、写真を公開して事件を語るニュースが報じられた。二〇一五年、過労自殺に追い込まれた電通社員の高橋まつりさん、二〇一六年、いじめにより自殺に追い込まれた中学生の葛西りまさん。

最愛の人を失うという大変つらい経験をした後に、このようなことが二度と起こらないようにメディアの前で話をすると決めた遺族の気持ちは計り知れない。

そこに「被害者のAさん」ではなく、実際に名前と顔がある人間として登場したことが世の中に与えた影響は大きかったであろう。

そして、このご遺族の行動を見て、私も「被害者A」でいてはいけないと、はっきり思ったのだ。

やはり、会見を開こう、と決心した。

同じ思いをする人を少しでも減らしたかった。こんな経験は誰にもして欲しくはない。これを「よくある話」で終わらせてはいけない。

A氏は私に、「この事件の教訓は、次の事件に生かします」と言った。「次の事件」と考えた時に、大好きな人々の顔が浮かんだ。彼らがこんな目に遭ったら、と考えるだけでゾッとした。今、この瞬間にも苦しんでいる人がいる。そう考えたら、このシステムを変えようと今動かなければ、一生後悔することもわかっていた。

一方で、自分の傷を他人に晒すことは怖かった。少し閉じかけていた傷口が、また大きく開いてしまうのではないか。会見を開くことは、世間にわざわざ自分の傷を晒し、知らない人からその傷口に塩を塗られるような経験だ。

二年間どうするべきかと一緒に考え、支えてくれた友人たちは、この決断を応援してくれた。家族にもきちんと伝えるため、ある晩、席を設けた。両親にはすでに何度も辛い思いをさせており、これ以上、彼らに迷惑をかけるのは、本当に心苦しかった。

前回、刑法改正を訴える性被害者の共同会見に実名で出席したい、と話した時には、両親は最初は反対し、心配しながらも、最終的に了承してくれた。

しかし、今度は大反対だった。何よりも、今まで事件の内容を詳細に私の口から語ることはなかったが、今回初めて週刊誌を読み、私の身にあの夜、何が起こったかを知り、相当辛かったのだろう。母は、

「記事が世の中に出た以上、あなたの身に何が起こったか、人は知ることになるんだよ。絶対に会見はしないでほしい。今だって危険を感じてKちゃんのところにお世話になっているのに、これ以上自分を晒してどうするの？　カメラが突然うちにきたらどうすればいいの？」

と言った。顔と名前を出して会見するというのだから、無理もない。実際に、家族に

危害が加えられるような事態が起きたらどうしようか、とは真剣に悩んだ。父は私に、

「社会と戦ったりするより、人間として幸せになってほしい。娘には一人の女性として、平穏に結婚して幸せな家庭を築いてほしいというのが親の願いなんだよ」

と言った。親として当然の願いだった。

沈黙は平穏をもたらさない

確かに父の言うように、何もなかったかのように過ごす方が傷つかないのだろう。しかし、だからといって、沈黙は平穏をもたらすわけではない。少なくとも私は、沈黙して幸せになることはないのだ。母は、

「起こってしまったことは仕方がない。だけど、事件の直前に、自分のことを評価してくれる人がいて今度会いに行く、と言ったでしょ。なぜそれを聞いた時に、そういう人には気をつけなさい、と一言、母親として注意しなかったか」

と涙をこぼした。自分を責める母の姿が痛々しく、申し訳なかった。母は最後に、

「詩織はもう決めてるんでしょ。やりますっていう報告なのよね。相談じゃない。あなたはいつもそう」と小さく笑いながら言った。

特に、妹に対しては今でも申し訳ない気持ちが強い。

彼女は、私が会見を行うことに最後まで反対した。

「お姉ちゃんの言ってることはわかる。これが大切なことで私や私の友達のためだっていうこともわかる。でも、なんでお姉ちゃんがやらなきゃいけないの？」

ひたすらそう言った。そして、「英語で会見するなら想像ができる。でも日本語で日本のメディアだけにやることはしないで」とも言った。私の性格をよく知る彼女は最後に、「でも、どうせやるんでしょ」とつぶやいたが、彼女にわかってもらえなかったことは、とても辛かった。

私が会見をしたのは、今後彼女や私の大事な人たちを、私と同じような目に遭わせたくないという気持ちに尽きる。

いつか、そのことをわかってもらえる日がくることを願っている。

簡単には運ばなかった会見

二〇一七年五月二十九日、私は東京地裁の二階に会場を借り、司法記者クラブで記者会見を行った。

すべてが想定通りに進んだわけではない。

司法記者クラブでの会見とは、今までまったく動かなかった主要メディアに向けての発言を意味する。だから、当初は反対された。

「自分の娘だったら、報道はできないが顔を見に来るだけの記者たちに囲まれ、興味本位の質問をされるなんて考えられない」

と、ある新聞記者に言われた。

「週刊新潮」が報じても、後追いをするメディアは予想以上に少なかった。疑問の残る捜査当局の判断について、もっとオープンに論じられることを願っていた。

もともと訴えたかった内容に変わりはなかったが、今回は検察審査会への申し立ての節目で行う会見であった。だから、裁判所にある司法記者クラブで話すのが正しいのだと思っていた。そして、これでも日本のメディアが動かないのであれば、日本のメディアのシステムについても問う必要があると考えた。

何らかの圧力がかかるリスクを減らすために、会見の知らせは前日に流すことに決めていた。

会見を数日後に控え、清水さんに報告した。その電話で、「よく決めたね」と言ってくれたまさにその夜、清水さんから、

「司法記者クラブで会見などやっても、誰も書かないよ。あなたが傷つくだけだから、止めたほうがいい。外国人記者クラブだけにしなさい」

という電話がかかってきた。

ショックだった。

今まで会見を応援してくれていた清水さんからこう言われては、さすがに心が揺れた。

翌日、知人のジャーナリストからも連絡があった。
「政府サイドが各メディアに対し、あれは筋の悪いネタだから触れないほうが良いなど
と、報道自粛を勧めている。各社がもともと及び腰なのは想像がつくが、これでは会見
を報道する社があるかどうか……。
でも、会見はやるべきで、ただ、工夫が必要ですね。しかし、なぜ政府サイドがここ
まで本件に介入する必要があるのか、不可解」
矢継ぎ早の連絡に、気持ちが混乱した。
そんな時、「週刊新潮」の記者に、メディアに対して私の会見に関する報道自粛を求
める動きが、水面下で拡がっているらしいと話すと、彼は軽い調子で、
「ああ、知ってますよ」
と言った。「だから何？」というようなその姿勢に、私はとても勇気づけられた。
清水さんからの電話にあったように、司法記者クラブに続き、外国人記者クラブ（日
本外国特派員協会）でも、間髪を入れずに会見をする予定であった。ここなら海外メデ
ィアだけでなく、記者クラブに属していない日本の他メディアも入れるし、心配してい
るような圧力はかからない場所だと認識していた。
しかし、実際に申し込んだところ、会見を断られてしまった。理由は、
「Too personal, too sensitive」

個人的で微妙な問題に過ぎる、というのだが、そもそも、すべての体験は個人的なものではないか？　以前にも外国人記者クラブで、強姦被害やストーカー被害について会見を開いた人はいる。センシティブとは、一体誰にとっての〝微妙な問題〟なのか？

外国人記者クラブが会見を許さないケースは、あまり聞いたことがなかった。

自宅周辺で不審な動きを感じてから、軽く荷物を持って出て行ったまま、Kの家に身を寄せていたため、Tシャツとジーパンくらいしか着る物がなかった。わざわざ記者会見用の服装で出る気はなかったが、いくら何でもTシャツにジーパンで裁判所に行くのはどうかと、着る物を買いに繁華街に出かけた私は、再びパニックアタックの発作に襲われた。

会見の後、道ゆく人たちに「強姦被害者」という目で見られるのだろうか。想像するだけで、とても怖くなった。

シャットダウンはしない

会見をすると決めてから、私は走り始めた。

最初はまったくと言っていいほど走れなかった。考えてみれば、運動部に所属していたのは十年以上も前の話だ。ただその後、一度父が命を落としかけ、その上自分自身が生み出してしまった人間関係にも疑問を持った時、インドに行ってヨガのトレーニングをしたことはあった。最終的にはインストラクターの資格を取るほど、ヨガには打ち込んだ。

その時に得た健康的な体は、その後も日々のカメラワークで維持していると思っていた。しかし、それは疲れていることと体を動かしていることを、いつからか混同していただけだった。

会見の日も、一人で朝早く走りに行った。起きたら私がいなくなっていたため、友人Kは相当慌てたという。

事前にいろいろ心配していた割には、会見ではきちんと応対できたように思う。

しかし、私がその場で、

「共謀罪の審議が長引いて、刑法改正案の審議が遅れている」

と発言したのが、「共謀罪に言及した政治的な会見だ。バックには民進党がいるらしい」との憶測を呼び、一気にネットに流れたのには驚いた。

フェイクニュースとはこのように作られるのだ、と身をもって実感した。

会見後、私の個人情報は晒され、嫌がらせや脅し、批判のメールが殺到した。

母から、妹には連絡しないようにと言われた。とても傷つけてしまったのだ。母曰く、

「今まで自慢のお姉ちゃんで、彼女の友だちの間でも、あなたは慕われていたから」と。

それ以来、いまだに彼女と話すことができていない。ネット情報に触れる機会が多い世代の妹が、きっと見たくもないものをたくさん見てしまっただろうと思うと、今でも胸が痛む。

携帯もひっきりなしに鳴った。Kが携帯を預かってくれて、しばらくの間、応対してくれた。一時は外を歩けない気持ちになったが、家族ならかえってできないような支援をしてくれたKに、感謝している。

会見では自覚していた以上に気が張っていたのか、終わったらどっと疲れが出た。会見直後にオファーのあったいくつかのインタビューに対応した帰り道で、私は倒れた。幸い友人がつきそっていてくれ、すぐに病院に連れて行ってもらえた。

それから数日間、体が動かなかった。咀嚼《そしやく》する力もなく、お腹も空かない。固形物は一週間以上、喉を通らなかった。息が深くできず、体は死人のように冷たくなっていた。すべてをシャットダウンして、このまま終わりにしたいと願った。

会見から十日経ち、やっと少しずつ、ものを咀嚼して食べられるようになった。体も動き出した。

ここで私がシャットダウンしては困るのだ。会見をした被害者がバッシングを受け、崩れてしまう。そのような結果になることだけは避けたかった。性被害についてオープンに話せる社会にしたいのに、私がその逆の例になってしまってはいけない。

走ることを続けた。

会見後、外にでることができず、Kの家に居候させてもらっていた時、Kの婚約者が家でキックボクシングのトレーニングをやってくれるようになった。彼は、私にもっと早くに教えてあげればよかった、と優しい言葉をかけてくれつつ、容赦なくトレーニングした。

最初は怖さで目をつむってしまったものの、鬼軍曹のような彼に怒鳴られながら、グローブをつけて、パンチや受け身の練習をした。外出を恐れていたため、家で体を動かせることはありがたかった。

不意打ちで横腹を打たれた時、どこかで彼に対する安心感から気を抜いていた自分に腹が立った。痛みでフラフラしながら、初めて闘争心にスイッチが入った。

私が誰であろうと事実は変わらない

格闘技好きの彼から、ＵＦＣ（アメリカの総合格闘技）の試合を見せられた。その中には、アメリカの格闘家で、初代ＵＦＣ世界女子バンタム級王者のロンダ・ラウジーが、一蹴りで相手をＫＯした映像もあった。

衝撃だった。

彼女の練習に打ち込む姿には、さらに引き込まれた。それから私は、ロンダに少しでも近づきたいという気持ちでトレーニングに励んでいる。

二キロ走るので精一杯だった体は、少しずつ長い距離を走れるようになり、今では十キロ近くを毎日走るようになった。少しずつだが、自分の体が耐えられる運動量が増えていくことがわかり、楽しくてしょうがなくなった。

暑さで日中走れない日には、夜に外を走る。不安でいっぱいになったが、スパーリングを始めてからは、恐怖心が薄れた。

運動は不思議なくらい、どんな薬よりも私を、精神的に安定させてくれた。

会見を経て、強く感じたことがある。それは、人はなぜ物事のメリット、デメリットばかりに注目するのか？　ということだ。

私の会見に対する批判的な声を見ると、そこには「個人的なメリットがなければ、こんな行動をするはずがない」という物の見方が、はっきりと感じられる。だから、売名、ハニートラップ、政治的意図などについての憶測が出てくるのだろう。

会見では家族の意向で苗字を伏せたが、それについてもいろいろ詮索され、「在日だからだ」という声もあった。

どういうことだろうか？　もしそうだったら、このようなことをされてもいいのだろうか？

私は左翼ではないし、日本人の両親から生まれたので、国籍は日本だ。繰り返すが、私が仮に左翼であっても、民進党の議員であっても、韓国籍であっても、性暴力を受けて良い対象にはならない。そして、そのことで非難の対象になるべきではない。私が誰であろうとも、起こった事実に変わりはないのだ。

覚悟して信じる

事件の話を公にするにあたって、私は日本の企業に所属することはおろか、日本で働くことすら諦める覚悟が必要だった。最初に、「被害届を出したら報道の世界で生きていくことは難しくなる」と言われてから、捜査の過程で何度もこの言葉を聞いた。

ここまで深く政権と繫がっているＴＢＳのワシントン支局長に物申すのだから、そうでなくても男社会の日本の報道現場で、一体どうして働けるだろうか。

真実を追う仕事をしたいという信念は変わらなかったとしても、日本国籍しか持たない私が、どうしたら日本社会の外で働くことを許されるのだろうか。まだ経験がゼロに近いのに、果たして海外での就労許可は下りるのか。

まったく想像がつかなかった。

だから覚悟して、自分の可能性を信じるしかなかった。日本の報道機関で働けなくなったとしても、この仕事を続けていける可能性を。

この二年間で、私は色々な働き方があることを学んだ。国内で門前払いされてもいいように、海外のメディアの扉を叩いた。ロイターで三分間では伝え切れなかった孤独死のドキュメンタリーや、その他のアイディアを最初に持って行ったのは、ロンドンにあるBBC本社であった。

BBCの本社で、国際的にドキュメンタリーを作っているコミッショナーに名前を告げた時はとても緊張したが、アイディアを話し始めると緊張は吹き飛び、これがいかに重要なテーマであるかを全力で伝えた。

同じ調子で、他のメディアの門も手当たり次第に叩いた。話は進み、初めての作品をBBCで作ることに決めかけた時、シンガポールに本社があるCNAというメディアも興味を持ってくれ、一時間番組の枠で報じても良いと言ってくれた。最終的に、二十四分の枠だったBBCではなく、長期取材をさせてくれるCNAで仕事をすることになった。

それと並行し、単発の取材の仕事やドキュメンタリー製作の仕事も、少しずつ入ってくるようになってきた。

振り返ると、あの時に言われた「この業界で働けなくなる」という言葉を真に受けず、自分を信じて良かったと心から思う。あなたの人生が水の泡になる。そして、時間をかけて取材ができるドキュメンタリーと、単発の取材とのバランスも大変気に入っている。これは普通の報道機関で社員として働いていたら、同時にはできないことであろう。そして、司法や捜査に対する疑問を投げかけたことを売名行為と批判されるのなら、響きは良くないが、ある意味で褒め言葉だと受け取るべきだろう。なぜなら、少なくともそれは問題提起できたという証拠にはなるのだから。

知らぬ間に支配されていた恐怖

会見から二ヶ月経って、どうしても行ってくれと、両親に精神科へ連れて行かれた。捜査の最中にもカウンセリングに行き、すでにPTSDの診断を受けていた。私にとっては思い出したくないことに触れ、薬をもらう苦痛な作業でしかない。また一から何が苦しいかなど説明することを考えるだけで嫌であった。

その上、この時はすでにイギリスの人権団体がロンドンに呼んでくれていたので、間もなく日本から出るつもりでいた。

しかし、両親から見ると、私は会見後に突発的な自殺願望やうつ症状に襲われている危険な状態、という認識だったらしい。私のイギリス行きにも、「このような精神状態で」と、もちろん反対した。

これは二年前から私が向き合っていることで、今に始まったわけではない。会見の後は特に普段の生活ができず、外にも自由に出られなくなっていたので、苦しくなった時に助けを求めたり、気晴らしに行ける場所がほしいだけなのだ。

いくらそう説明しても納得せず、「精神科にかかれば救われる」と思ったようだ。むしろ、その他に考えが浮かばなかったのだろう。

仕方がないので両親を安心させるために、イギリスに出発する数日前、精神科の先生にお会いした。

今回は、いま私に何が必要かを、はっきり伝えることにした。まず、PTSDの発作であるパニックアタックに襲われた時はどうすればいいか、だ。

先生は、私の運動効果を認め、走って心拍数を上げるのはとても良いことだと言った。しかしPTSDは薬を飲んで治るものではなく、ある治療法が有効だといい、EMDR（眼球運動による脱感作と再処理法）という手法を教えてくれた。

五円玉で催眠術をかける時のように、目玉を動かしながらカウンセリングを行う方法で、もともとは戦地から帰ったPTSDに苦しむ兵士のために生み出されたという。

すぐに海外に向けて発つという事情もあり、こういう手法があることだけを教えてもらって、その日は終わった。

自分でまだ試したことのない治療法なので、良し悪しについてははっきりと言えないが、『ブラック・ミラー』というネットフリックスのドラマに、このことを考えさせられるエピソードがあった。

『ブラック・ミラー』とは一話完結のサイエンスフィクションで、今よりもう少しテクノロジーが発達したり、あるいはそれが行き過ぎたりすると、私たちの生活にどのような影響を及ぼすのか、シミュレーションする番組である。

恐ろしい伝染病を持つ、人そっくりの「虫けら」と呼ばれる化け物を、ある軍隊に所属する兵士が殺しに行くが、のちに、ただ人を殺しやすくするため「虫けら」に見えるよう、軍がプログラミングしていただけだと気づくのだ。

実際は顔も名前もある人間をその手で殺していたと知り、兵士は苦しむ。そこで軍隊のカウンセラーは、虫けらが実は人間だったという記憶を消すことができるが、それにはあなたの同意が必要だ、どうしますか？　と言う。

この番組を見てEMDRを思い出し、私は考えてしまった。

PTSDの発作が減少するのは願ってもないことなのだが、目玉を動かして苦しみが少なくなるとは、どういうことなのだろうか。イギリスの精神科医に問い合わせたところ、確かに感情を抑える効果があると言う。しかし、苦しみを特殊な方法で軽減することで、それまで抱いていたこの問題に対する危機感が薄れてしまうのではないか。

私にはわからなくなってしまった。

私があの時感じたのは、自分の意思に反して性行為や暴力的な行為を加えられ、知らぬ間に自分を支配されていた恐怖であった。

記憶を失くしていることは、大変な恐怖であった。自分でコントロールできるはずの体が、誰かによってコントロールされていたのだ。

事件直後、自分が殺されてしまったような、抜け殻になったような感じがしたのは、このためだと思う。

「今まで出来る女みたいだったのに、今は困った子どもみたいで可愛いね」

これは下着を返して欲しいと言ったら「お土産に頂戴」と言われ、力が抜けて膝に力が入らず、座り込んでしまった際に、山口氏に言われた言葉である。

この言葉を突き詰めると、人を支配したり、征服したいという彼の感情に行き当たるのだろう。会見の数ヶ月前、痴漢犯罪の現状についても取材したが、その結果、性的な嗜好を超えた「支配、征服」したいという個人の欲望が見えてきた。

やる方からしたら、それは一瞬の欲望の処理に過ぎないのかもしれない。しかし、一方的に経験させられてしまった者にとって、それは一生の出来事となる。

一度しか着なかった水着

私は幼い時に何度か、痴漢の被害に遭った。

最初は図書館だった。私は小学校二年生くらいだったと思う。父に連れられ、弟と図書館に来ていたのだが、ベンチに座って本を読んでいる時に、中年の男性にスカートの中を覗かれたのである。

あまりにも不自然な行為だったし、私にとっては恐怖であったが、何が何だかわからなかったので、誰にも話さなかった。

その次に覚えているのは、小学校四年生の時に、一人で電車に乗っていた際のことである。さして混雑していない車両の中で、一人の男性がぴったり背後についた。最初はなぜこんなに真後ろに立つ必要があるのかわからなかったが、次の瞬間、つり革につかまったまま体が硬直してしまった。

私の降りる駅までの間、十分から十五分ほどであったと思う。男性は服の中に手を入れることはなかったが、背後にぴったり体を押し付け、服の上から体を触り続けた。動けなくなるほどの恐怖だったが、目的の駅で電車を降り、後をつけられないように全速力で改札を出たことを覚えている。

「何かがおかしい」「変な人」ということははっきり認識していたが、この時はまだ、自分が何をされているのか、まったくわかっていなかった。

「今日、電車で変な人がいたの」という表現でしか、母に訴えられなかったのである。西日が差す窓に向かい、つり革を持ちながら、硬直した自分の姿が景色の移り変わる窓にチラチラ映る光景が、今でも目に浮かぶ。私の着ていた水色とオレンジ色のジャンパーと、背後の男性も映るが、顔だけはよく見えなかった。振り向けなかった。

三度目は小学校高学年の時、友達と家族ぐるみで行った東京サマーランドでの出来事だった。長い間楽しみに計画し、待ちに待った日であった。ちょうどその頃買い始めた子ども用の雑誌を見て、母にねだり、初めてビキニを買ってもらったのだ。

もともと泳ぐことが大好きだったので、この一瞬の出来事が起こるまでは、この日が終わらなければいいのに、と思っていた。

それをぶち壊しにしたのは、一人の男性の勝手な行動だった。週末か夏休みだったため、波の出るプールには人が溢れ、文字通りイモ洗い状態だった。私は大きな浮き輪に入り、友達と波が出てくる方へ向かった。あるところで足が届かなくなった。しかし、水はまったく怖くなかったので、足が届かなくても進んで波の出る方へ向かった。

その時、友達が人の間をするする抜け、私のずっと前に進んでしまった。人がたくさんいたので、彼女を見失わないように、「待って」と叫んだ瞬間だった。

後ろから突然、誰かの手が水の中で私をつかみ、身体を、特にビキニで隠れている部分を触られた。足が届かなかったため、両腕を浮き輪にかけてぶら下がっていた。大きな浮き輪に隠れ、周りには見えなかったのだろう。

どれくらいの間だったのか、恐怖で動けなくなってしまった。友達を必死に目で追いかけ、彼女の名前を呼び、「助けて」と一生懸命声を上げたつもりだったが、声はほとんど出てこなかった。周りにたくさん人がいたので、声をあげれば、きっと誰かが助けてくれただろう。

でも、いくら声をあげようとしても、ガヤガヤと子どもの叫び声が響くあのプールでは、私の絞り出した小さな声は、まったく届かなかった。

一分くらいのことだったのだろうが、ものすごく長く感じた。やっと、友達が一向についてこない私に気づき、こちらを振り向いた。満面の笑みを浮かべた彼女がこちらに向かってくる間も、後ろから伸びる両腕は動きを止めなかった。

彼女が三メートルほどのところまでやってくると、やっとこの苦痛から解放された。恐怖と混乱でいっぱいの表情をしていたのだろう。すぐに「どうしたの」と聞いてくれて、短く「触られた」と伝え、すぐに後ろを振り返った。

細身の男性が私たちから離れていくのが見えた。「今、私の後ろにいた人見た？」と聞くと、友達は、「うん、若い男の人」と言った。

そのまま楽しく泳ぐことなんて、もうできなかった。怖くてしょうがなかった。小学校高学年になってはいてもまだ事情がわからず、混乱するばかりだった。ただ、この出来事が私に与えたとてつもない嫌悪感と恐怖は、今でもはっきりと覚えている。

すぐに、家族の待つブルーシートまで戻った。

「男の人に触られた」

どう話していいのかわからず、短くそう言った。母は私の体にタオルをかけ、ここで休もうと言った。

やっと安心できて涙が出てきたが、まだ楽しんでいる他の家族や友達にわからないよう、タオルに包まり、静かにしていた。

「そんな可愛いビキニ着てるからだよ」

その時、友達の母は、私を励まそうと思ったのか、そう言った。この言葉に打ちのめされた。悪いのは私だった。何を着るか、私が気をつけないといけなかったのか。ただ憧れていた水着を着ただけなのに、それを一方的に責められたことが、とにかく悲しかった。

それから、この水着を着ることは二度となかった。

「被害者が着る服」なんかない

この経験を語ったのは、「着るものは関係ない」ということを言いたかったからだ。会見の時、いくら信頼するジャーナリストの清水潔さんに「リクルートスーツを着るように」と言われても、その場で私は「絶対に着ません」と答えた。

しかし、前に書いたようにさすがにTシャツとジーンズではいけないだろうと考え、麻のシャツを着ることにした。もちろん、日本のメディアをよく知っていて、サポートしてくれた清水さんには心から感謝している。

ただ私は、「被害者は白いシャツを着て、ボタンを首元まで留めて、悲しそうにしている」という、誰かが作り上げた偶像を壊したかったのだ。何を着ていようが、着ていなかろうが、責められてはいけないし、それが被害に遭った理由にされてはいけない。

今後も、勝手に決められた「被害者」のイメージの中で生きるなんて、私は絶対に嫌だし、そんなのは間違っていると思う。

電車で学校に通うようになっても、痴漢行為をされることになる。最後に痴漢に遭った時、私は制服を着ていた。中年の男性から必死に身を避け、場所を動いたが、それでも付いてきた。私の嫌がる顔を覗く嬉しそうな顔が見えた時は、怒りでいっぱいになった。

今までの経験から、次にされたら絶対に捕まえてやると思っていた。それまでは幼なすぎたり、衝撃で何をされているのかすぐに理解できなかった上に、誰も「悪いこと」だと教えてくれなかったのだ。

しかし、その時もまた、実際に声を出そうとしても、声は出てこなかった。今この手をつかんだら殴られるのではないか、と恐れた。急行に乗ってしまったため、自分の降りる次の駅になかなか着かなかった。男は気にせず、触り続けた。

やっと駅に着き、ドアが開いた瞬間、プラットフォームに飛び降りてドアの方を振り

返り、

「この人痴漢です！ 変態クソじじい、ふざけんな」

と叫び、猛ダッシュで泣きながら帰った。十四、五歳の頃の話だ。見ず知らずの大人を、生まれて初めて罵倒した瞬間であった。今までの恐怖の体験、何もできなかった悔しい思いをすべて、この「変態クソじじい」にぶつけたのだ。

次こそ触られたら腕をつかんで警察に突き出してやる、と決心した。その警戒心が表に出ていたのだろう、それから私は、一度も痴漢に遭ったことがない。

本来であれば、こんな決意や心配をせずに、日々生活できる社会であるべきだと思う。しかし、友人たちの間では、痴漢はあまりにも日常的な犯罪行為だった。

手を下着に入れられて触られた、スカートを切られた、精液をかけられた、下校途中に押し倒されパンツを脱がされた、高校生なのに自分より小さい中学校の男子生徒五、六名に電車内で囲まれ、痴漢された。

すべて、私の友達が受けた被害だ。ここには書き切れないほどある。

特に被害が多かった幼馴染とは、どうしたら被害が減るか、一緒に試行錯誤した。その一つは、歩き方だった。内股でゆっくり歩くのが特徴だった彼女の歩き方を、大股で早歩きをするよう特訓したのだ。

私の知識の範囲では、痴漢をする者は、彼らに盾突かないと思われる優しそうな子、物静かな子、もしくは、何をされているのかまだわからない子どもを狙うことが多かった。

最近、ＮＨＫ「あさイチ」でこのような調査を目にした。

「〝性行為の同意があった〟と思われても仕方がないと思うもの」

・二人きりで食事　11％
・二人きりで飲酒　27％
・二人きりで車に乗る　25％
・露出の多い服装　23％
・泥酔している　35％

ここに挙がった項目の中のどれ一つとして、性行為の同意と受け取れるものはない。

この調査を見て、「週刊新潮」二〇一七年五月二十五日号の記事に書かれた中村格氏の言葉を思い出した。

「女も就職の世話をしてほしいという思惑があったから飲みに行ったのであって所詮男女の揉め事。彼女は二軒目にも同行しているんだしさ」

これが元警視庁刑事部長の発言なのか、と耳を疑う。

もしも、この調査結果の項目がすべて性行為の同意と受け取られるのであれば、女性は男性と二人で食事をすることもできなくなってしまうだろう。日本の企業では特に、ビジネスの付き合いで食事に行くことは多い。強制されることもあるだろう。

私の場合も、私は二人きりで食事をするつもりではなかったが、結果的にそうなったのは、仕事の話をする必要があったためだった。

あの日、私はなぜ、ホテルから直接、警察に行かなかったのか。

私はその後、自分を何度も責めた。どこかで、自分の中だけで解決できると思っていたのだろう。これは悪い夢なんだと。

それでも、まったく事情を知らない人から、「なんで警察にすぐに行かなかったんだ?」と言われるのは、自分でそう思うよりも辛く、首を絞められるような思いがする。

まずは安全なところに行きたい、と真っ先に思った。そこで自分の状況を確認したかった。なぜホテルに行った記憶がないのか。そして、これはあまりにも屈辱的な出来事だった。「恥ずかしい」なんていう言葉では、到底表現できない。

そして何よりも、相手を信頼していた。自分の上司になる人だと思っていたのだ。ワシントン支局長として、尊敬の念もあった。そんな彼が、一瞬で私の心の中で犯罪者とはならなかったのだ。

しかし、それが犯罪行為であることは実感した。これはとても暴力的で、心の大きな傷となる行為だ。

この二つの相反する感覚は、しばらくの間、私を混乱させた。

怒りの感情が湧かない

「私は山口氏に対して、怒りや憎悪の感情はまったくありません」と言うと、周囲からさんざん怒られた。こんなことを公に発言したら、これからの裁判で戦う気がないと思われてしまう、事件性がないものとみなされ、不利になる、と。

もちろん私は、日本の正しい司法制度のもとで彼が裁かれるべきであると考えている。しかし、自分の感情に嘘はつけない。実際に怒りという感情は、心の中を探っても、一切見つからないのだ。

もしかしたらそれは、いま私自身の心を守るための方法に過ぎないのかもしれない。怒りは、むしろ私の周りの人たちが担ってくれている感情だ、という側面はある。

前に書いた通り、山口氏とのメールのやり取りをしている時も、メールで繋がっていることすら耐えられなかったので、友人が文章の素案を考えてくれたことがあった。彼女たちの作成したメールからは、怒りがストレートに伝わってきた。そのために、何度も書き直したことがあった。幸福なことに、私の周りには、私のために死ぬほど怒ってくれる人がたくさんいるのだ。

事件から不起訴の結果が出るまで、一年四ヶ月かかった。不起訴の結果が出てから、検察審査会に提出するための証拠開示手続きや情報収集、独自の捜査、陳述書等の作成には、十ヶ月を要した。

あの時、逮捕状が執行されていたら、数ヶ月で結果が出ていたかもしれない。おかしいと声を上げない限りは、私たちはずっと、この理不尽な運命を受け入れて生きていかなければいけないのだ。

もしも沈黙したら、それは今後の私たちの人生に、これから生まれてくる子どもたちの人生に、鏡のように反映されるだろう。

そして、この問題については、あくまでも個人のレベルで考えていくことが必要である。

結局は、メディアも企業も社会も個人の塊なのだ。この二年間、幾度もメディアには失望を覚えたが、最終的に個人で会見を開き、このように声を届けることは可能なのである。

会見の直後、「私もかつて同じような被害に遭いました」というメールをいくつか頂いた。

そうしたメールには、同じ会社、同じ業界の中で起こった、という言葉がしばしば書かれていた。そして、ほとんどの人は、この恐ろしい経験について他人に打ち明けることすら初めてだった。心の奥にしまい込んだまま生きていくことがどれだけ苦しいか、想像しただけで息が詰まる。

「この話は誰にもしていません」というメールを見て私は、どんなに辛いことがあっても、この会見を開いた意義があったと確信した。

中村格氏に聞きたいこと

今でも、どうしても知りたいことが二つある。

一つは、「なぜ逮捕を取り止めたのか」。中村格氏に、その判断の根拠をぜひ聞きたかった。この質問は警視庁捜査一課にも何度もした。言い訳ではなく、真実を聞けない限りは納得ができないことだった。

私は今回、この本を出すにあたり、中村氏への取材を二回、試みたが失敗に終わった。出勤途中の中村氏に対し、「お話をさせて下さい」と声をかけようとしたところ、彼は凄い勢いで逃げた。人生で警察を追いかけることがあるとは思わなかった。

私はただ、答えが欲しいのだ。中村氏にはぜひ、「私のした判断は間違いではなかった。なぜなら……」ときちんと説明して頂きたい。なぜ元警視庁刑事部長の立場で、当時の自分の判断について説明ができず、質問から逃げるばかりなのだろうか？

検察審査会申し立てについて会見した後、あるジャーナリストから学んだことがあった。現在住んでいる場所や実家、友人のプライバシーまでをもメディアに詮索されたらどうしよう、と悩んでいた時、彼は、「できる限り週刊誌の取材には答えること」とアドバイスしてくれたのだ。逃げるから秘密があると思われ、さらに追いかけられるのだ、と。そのアドバイスに従ってメディアに対応したところ、実際に懸念していたようなことは一切起きなかった。

現在、中村氏に対しては文書を送り、回答待ちの状態だ。この本にその結果を書くことができないのは残念だが、中村氏には正面から答えて頂きたい。

もう一つは、高輪署から警視庁捜査一課にこの事件が移されてから作られたという、捜査報告書のことだ。高輪署が作ったタクシー運転手の調書にはあった、私が何度も「駅で降ろして下さい」と言っていたという話が、この報告書からは抜けていた、という情報について。

検察審査会の結果が出た後、何人かのジャーナリストから、次のような「噂」を聞いた。「防犯ビデオの映像を見たけれど、彼女は普通に歩いていた。タクシー運転手の証言には、彼女が自分で吐いたものを自分で片付けていた、とあった。だから、彼女には最後まで意識があったんじゃないか」。そういう声があって不起訴相当の議決が出たのだ、と話している新聞記者がいる、と。

語られている内容は噂に過ぎないが、そのような噂を流す人物がいることは間違いない。その噂の、そもそもの出所はどこなのか。

こうした話を聞くにつけ、「警視庁の捜査報告書」を疑いたくなってしまうのだ。

最後に整理しておきたい。

あの日の出来事で、山口氏も事実として認め、また捜査や証言で明らかになっている客観的事実は、次のようなことだ。

・TBSワシントン支局長の山口氏とフリーランスのジャーナリストである私は、私がTBSワシントン支局で働くために必要なビザについて話すために会った。

・そこに恋愛感情はなかった。

・私が「泥酔した」状態だと、山口氏は認識していた。

・山口氏は、自身の滞在しているホテルの部屋に私を連れて行った。

・性行為があった。

・私の下着のDNA検査を行ったところ、そこについたY染色体が山口氏のものと過不足なく一致するという結果が出た。

・ホテルの防犯カメラの映像、タクシー運転手の証言などの証拠を集め、警察は逮捕状を請求し、裁判所はその発行を認めた。
・逮捕の当日、捜査員が現場の空港で山口氏の到着を待ち受けるさなか、中村格警視庁刑事部長の判断によって、逮捕状の執行が突然止められた。

検察と検察審査会は、これらの事実を知った上で、この事件を「不起訴」と判断した。
あなたは、どう考えるだろうか。

（了）

※肩書等は単行本刊行当時のままとした。
※裁判の過程で、山口氏の主張への精査や、新たな証言者の登場などにより、事件の背景や細部について明らかになった事実がいくつかある。しかし、それらの登場によっても、本書に書いた事件の概要に変更の必要はないこと、また当時の自分の感情をなるべくそのまま残したいことから、本文中に注記をつけた箇所以外、修正を加えなかった。裁判で明らかになった新事実については、他の報道に委ねたい。
※中村格氏に送った質問状への回答は、現在に至るまで何も無い。

あとがき

私は破壊の一瞬を体験した。

仲の良い友達に、「昔みたいに笑わなくなってしまった」と言われた時は、ショックであった。何も変わっていないと信じていたが、事実、私は昔のような、常に空気のパンパンに入っている風船ではなくなってしまった。パンクしてガムテープで補強されているので、以前よりは弾まない。

でも、私が私であることに変わりはない。

本当は、誰にもこのことを知られたくなかった。思い出したくもなかった。口に出したくもなかった。

正直に言うと、本を書くことすら嫌だった。いつかは長い時間をかけて、私なりの言葉で本を書き、ドキュメンタリーを作ることに取り組もうとは決心していたけれど。きっとセラピーを重ねた十年後、二十年後であれば、今でも心の中で流れ続けている血を少しは止血ができ、また違ったかたちで向き合えていたのではないか、と思う。

ただ私は、時間だけが解決するとは思っていない。時間をかけてゆっくり向き合っていく必要があるのだ。無理をせずに。

あのレディー・ガガ、奇抜な行動で知られる世界的なミュージシャンの彼女でさえ、十九歳の時にレイプされたことを七年間、誰にも打明けることができなかったという。ようやく公にすることができて生まれたのが、「Swine」という曲である。七年経っていても、彼女の痛みや怒り、感情は、とても鮮やかに伝わってくる。

しかし、私がこの本に書いたことは、一刻も早く社会に伝えなければいけないのだった。

苦しかった。

誰も知らない部屋の重い扉に鍵をかけ、閉じ込めておきたかった出来事であった。わざわざその扉を自分で開け、毎日のように鮮明に思い出す作業を、二年以上経った今も、しなくてはいけなくなったのだ。

これは私が決めたことだ。誰にも強制されていない。だからといって、苦しいものは苦しいし、この痛みに耐えるのが良いことか、どこまで耐えられるのか、わからなかった。

もしこの出来事が、私が息苦しく感じていた小学校、中学校時代に起こっていたとしたらどうだろう。

「大人の言うことを聞かなくてはいけない」

そう言い聞かされて育ってきたのだ。「目上の人には敬語を使うこと。失礼のないように振る舞うこと」そう教えられてきた私たちは、どうやって声をあげることができるだろうか？

大人になった私は、「何も出来ない」と最初に警察で言われてから、こんなにもたくさんのことが出来た。しかし、それでも不起訴という結果が出ているのだ。

誰が子どもたちの言うことを信じてくれるだろうか？

誰が子どもたちを守ってくれるだろうか？

人は変化を望まない。特に、この国には「レイプ」についてオープンに語ることをタブー視する人たちがいる。

そういう人たちは、誰から、何を守ろうと言うのだろうか。

私は、自分の摑んだ真実を信じ、その真実の中で生きている。

私はこの国で生まれ、平和に生きてきたことに感謝する。日本人であることに誇りを感じている。しかし、この平和は、いつも変わらずそこにあるものではない。だからこそ、私の経験から、この社会に何かを返したいのだ。たとえ私を批判する人がいたとしても。たとえ私がもう日本に住めなくなったとしても。

レイプは魂の殺人である。それでも魂は少しずつ癒され、生き続けていれば、少しずつ自分を取り戻すことができる。人にはその力があり、それぞれに方法があるのだ。私の場合その方法は、真実を追求し、伝えることであった。

いくら願っても、誰も昔の自分に戻ることはできない。しかし今、事件直後に抱いたような、レイプされる前に戻りたいという気持ちは一切ない。意識が戻ったあの瞬間から、自分と真実を信じ、ここまで生きてきた一日一日は、すでに私の一部になった。

今まで想像もできなかった苦しみを知り、またこの苦しみが想像以上に多くの人の心の中に存在していることを知った。同じ体験をした方、目の前で苦しむ大切な人を支えている方に、あなたは一人ではないと伝えたい。

そして私は、この出来事がなかったら、きっと会うこともなかった人々に出会うことができた。

この本の締切を迎えていた頃、ここに書いた写真の女性、キャリー・グッドウィンさんの父、ゲイリー氏と電話で話すことができた。彼は娘の事件を語る講演活動をしている。彼の無念は、娘をレイプした相手が二年前にも同じことをしており、その時も罪に問われることはなかった、と知ったことから生じた。

「もし、その時に司法の正当な裁きを受けていたら、娘はいまここにいるかもしれない」

そう彼は言った。社会になぜ正しい司法システムが必要なのか、この言葉がそのまま表している。

そして、彼は私にこう言ってくれた。

「あなたが自分の体験を公にしたことは、想像を絶するほど勇気ある行動だ。君が今立ち向かっているように、私たちにはその力がある。これから待ち受けている道は決して平坦なものではないと思うが、決して諦めないでくれ」

その言葉を聞き、今まで抑えていた感情が決壊したかのように、私の涙は止まらなくなった。あの日、写真に写るキャリーさんから受け取ったメッセージを、私は「伝えよう」と決意した。

それがこの本で、少しでも実現できていることを願う。

二〇一七年十月

伊藤詩織

文庫版あとがき

悪夢だと思いたかったあの夜から、六年以上の月日が流れた。

そして、この本を世に出して四年が経った。出版と同時に、ハリウッドの大物プロデューサー、ハービー・ワインスティーンによる性暴力とセクハラが報道されたのをきっかけに世界的に起きたMeToo運動からも四年が経った。

ひたすらに走った四年間。

この四年間、何回、法廷に足を運んだだろう。

この四年間、何回、被害について語ってきただろう。

この四年間、何回、もう全て終わりにしようと思っただろう。

でも、そんな度に私は生かされてきた。多くの友人に命を繋いでもらった。泣いて、お酒を飲んで、美味しいものを食べて、走って、自然の中に身を置いて。必死にサバイビングしている毎日にも少しずつ笑顔は増えた。リラックスできる時間も増えた。眠れない夜も減ってきた。

二〇二〇年の九月、私の名前がＴＩＭＥ誌の「世界に最も影響力のある１００人」として挙がった。

「日本人女性の生き方を永遠に変えた」

果たして、本当にそうだろうか。それはこれからも私たちが共に歩みをやめず進んで、はじめてわかることだろう。

この四年間、私の名前にはいろいろなラベルがついてまわった。「被害者」「MeTooの人」「嘘つき女」「被害者ビジネス」ここでは書けないような、暴力的な言葉たちがまだまだ回復途中の傷口に矢のように次から次へ飛んできた。ネットでその矢を放つ人の顔は大抵見えない。どこから飛んできているのか、わからない。そんなどこで出会うかわからない、憎悪の言葉を投げかけてくる人がこの国にいると思うと怖かった。

TIMEでの選出は、そんなラベル達が吹っ飛んだ瞬間だった。私は伊藤詩織としてこのまま生きていって良いのだ、と。「被害者は笑わない」。そんな非人間化されるような言葉だって、もうどうでもよかった。私たちだって、堂々と私たちとして生きていいんだと背中を押してもらった。私でいいのだと。その日の報道ではいつもと違う満面の笑みの私が映っていて嬉しかったと母から連絡があった。

被害から、常に台風の中にいるような日々だった。落ち着いたかな、と思ってもそれは台風の目にいただけで、実際には周りで常にいろんなことが吹き荒れていた。

今でもそうだ。「伊藤詩織、書類送検」というニュースがTIME誌の報道の後に流れた。私は名誉毀損罪と虚偽告訴罪で訴えられていた。

山口氏のSNSの投稿すべてがコピペされた文章が、質問と共にメディアから届いた。彼が紡いだ言葉を見て、パニックになった。久しぶりに息ができなくなるような苦しさに襲われた。体は正直にトラウマを覚えていることが悔しかった。日常はそうやって、まだ簡単に揺るがされてしまうのだ。


空が美しく見える貸し会議室の中で、私の取り調べは行われた。

意識を外に向けようと見上げた無機質な部屋の窓からは、うっすらとした入道雲が見えて、夏と秋の境い目の薄いラインが見えた。

警視庁から来た捜査員は、警視を含む四人態勢だった。

「告訴されたことに対してどう思いますか？」

どう思うと聞かれても、驚いてますとでも言えばいいのかと困った。

「私は捜査してもらうのもやっとだったのに、このケースを受理したのはなぜですか？」

と聞き返した。

捜査員は、

「事件当時その場に絶対にいなかったことがわかっているなど、よほどのことがない限り被害が届出されたら捜査されなければいけないんです」

と答えた。

二〇一七年に法改正され、強姦罪は強制性交等罪に変わり、親告罪から非親告罪になった。被害届が出しやすくなったはずなのに、それでも被害を届けに警察へ行ったら門前払いにされたという女子大生からメッセージをもらったことがある。

私の被害届を受理しなかったのは「私が傷つかないように守るため」だ、と言われたこともある。日本の現刑法下では何もできないと言われているようなものだった。

変えなくてはいけない課題は今でも多く残っているのだ。

「見えない問題は解決できない」

MeToo運動のきっかけになったハービー・ワインスティーンの調査報道を行ったニューヨークタイムズの記者、ジョディー・カンターの言葉だ。

私たちは見えない存在、名のない被害者から「私」になったのだ。

これからも真実を伝える仕事の中で、可視化することを続けていきたい。変わるのはこれからなのだから。

二〇二二年一月

伊藤詩織

民事裁判判決を受けて

本書に書いた通り、この事件は刑事事件としては不起訴処分となり、検察審査会でも不起訴相当と認定された。そして二〇一七年の本書の執筆終了直後、私は民事裁判を起こした。この民事裁判で初めて、自ら集めた証言や証拠等の「事実」をもとにした、透明性のある法廷闘争が実現したのだ。

二〇一九年十二月、第一審の地裁判決では、同意のない性行為が行われたことが認められて勝訴。山口氏に対して330万円の支払いが命じられた。また、山口氏側から起こされた名誉毀損とプライバシー侵害の反訴で1億3千万円を請求されていた件では、これまで私が本書や公開の場で語ってきた内容に「公益性、公共性」があると認められ、訴えは棄却された。

山口氏は控訴し、私も附帯控訴した。裁判は第二審へと進んだが、二〇二二年一月二十五日に下された高裁判決でも、同意のない性行為に関する私の主張がすべて真実と認められた。第一審での賠償金額に医療費が足された332万円余りを支払うよう山口氏に命じる全面的な勝訴だった。一方で山口氏からの反訴では、デートレイプドラッグが使われた際の影響に関する記述が、名誉毀損とプライバシー侵害に当たるとされ、私は55万円の支払いを命じられた。この本については、2行（単行本時）の記述だった。

その点は大変残念であり、現在上告の準備をしている。しかし、デートレイプドラッグに対する人々の認識は近年、飛躍的に高まり、二〇一七年には警察庁から、そのような疑いがある場合は証拠保全を徹底するよう促す通達が各都道府県警等に出されたことは大きな成果だと感じる。私が被害を疑った時点では、警察では検査すらしてもらえなかったからだ。

民事裁判を起こすと決めた時、「刑事事件で不起訴、検察審査会でも不起訴相当になったんだから相当厳しいよ」と多くの人に言われた。その民事裁判に勝利したことは何よりも嬉しいが、同時にこれまでの司法の判断は何だったのか、という新たな問いかけを生む。その点について、私が追いかけ質問し続けた当時の刑事部長、中村格氏は現在、警察庁長官になっている。

二〇二二年一月二十六日

伊藤詩織

解説

許してはいけない

武田砂鉄

声を発する。声を発する度に、その声が潰される。それどころか、噂やイメージといった形のないものが権力の補助によって固形物となり、当人に勢いよくぶつけられる。それでも、改めて声を発する。すると、また同じことが起きる。より強い固形物がぶつけられる。

この反復が延々と続く暴力を知った後、私たちに何ができるのだろうか。孤立させないこと、同じような事態を起こさせないこと、逃げようとする加害者の背中を見逃さないこと。こうして箇条書きにするのは容易なのだが、繰り返し頭に叩き込まないと、私は、そして、私たちは、継続して考えるのを怠ってしまう。

泣き寝入りを望む人たち、そこに導こうとする人たちが作り出した流れに乗っからずに、「被害者のAさん」ではなく、伊藤詩織さんは名乗り出ることに決めた。その理由は、「今後彼女や私の大事な人たちを、私と同じような目に遭わせたくないという気持ちに尽きる」。彼女とは、妹のこと。ここで泣き寝入りすれば、近くにいる誰かが泣き寝入りしてしまうかもしれない。こんなことが二度と起きて欲しくない、これが伊藤さんの、今に至るまでの一貫した態度である。

そうはいってもあなたも悪かったんじゃないの？　性犯罪・性暴力にあった被害者が繰り返し浴びせかけられてきた言葉だ。その言葉は「どっちもどっち」を生み、保留状態のくせして、あたかも解決したかのように語られる。うやむやにし、勝手に余白を作る。すると、被害者に対して、どうしてその余白が残っているのかと凄む人が出てくる。少しでも動揺があれば、そこを突いていく。堂々としていても、突かれる。もう何でもありだ。泣き寝入りしてもらう仕組みばかりが強化されていく。その仕組みの中で潰されてきた声に、私はあまりにも無自覚に過ごしていた。伊藤さんがその認識を変えてくれた。

起きたことのあらましをひとまずまとめるのがこの手の文庫解説の流儀なのかもしれないが、そのまとめはしたくない。頭から最後まで読んでもらわなければいけない本だから。簡略化すればこぼれてしまう。

伊藤さんは、書籍の最後で、「あの日の出来事で、山口氏も事実として認め、また捜査や証言で明らかになっている客観的事実」を羅列している。そこからいくつか引くと、「私が『泥酔した』状態だと、山口氏は認識していた」「性行為があった」「私の下着のDNA検査を行ったところ、そこについたY染色体が山口氏のものと過不足なく一致するという結果が出た」とある。「泥酔した」状態にある相手と性行為に及んだ事実を、山口氏は事実として認めている。伊藤さんと山口氏との間で交わされたメールの中で、妊娠の可能性を心配する伊藤さんに対し、山口氏が「精子の活動が著しく低調だという病気です」と返している。その言い訳は、避妊具を装着しない状態で性行為に及んだ事実を自ら明らかにしている。

だが山口氏は、「意識不明のあなたに私が勝手に行為に及んだというのは全く事実と違います」とする。そして、こう書いた。「私もそこそこ酔っていたところへ、あなたのような素敵な女性が半裸でベッドに入ってきて、そういうことになってしまった。お互いに反省するところはあると思うけれども、一方的に非難されるのは全く納得できません」（傍点引用者）。

なぜこれが「勝手に行為に及んだ」のではないことになるのだろう。自分が起こした出来事を、感覚的に、間接的に表現することで、あたかも同意があったかのように物語を練り上げていく。仮に、あくまでも仮に、山口氏のこのメール文が全て事実だったとしてみよう。泥酔ではなく、両者がそこそこ酔っている程度だった。それは、相手が酔っていたと認識していたことの申告である。素敵な女性、だからなんなのか。なぜ、お互いに反省する必要が、そして、一方的ではなく双方が問われる必要があるのか。

感覚的、間接的な言葉を積み上げても、自分への疑いを隠せているわけではない。伊藤さんと山口氏の言い分が食い違っているのはもちろん、そもそも山口氏の言い分を羅列すれば、山口氏の言い分同士が食い違っているのである。本人の同意がない避妊具なしでの性交、ここに「どっちもどっち」を発生させてはならない。そのつもりだったのではないか、自分の就職のために利用したのではないか、そういった「たられば」の発生もいつまでも止まらないが、本人の同意がない避妊具なしでの性交の事実がそこにある。動かしてはいけない事実だ。

警察は一度、逮捕状を請求した。しかし、逮捕する当日になって、菅義偉官房長官（当時）の秘書官であった中村格警視庁刑事部長（当時）の指示によって、逮捕状の執行が突然止められた。異例の事態である。山口氏は「週刊新潮」編集部からの取材依頼書を「北村」なる人物に転送するつもりが、誤ってそのまま編集部に返信してしまった。「北村と聞いて頭に過《よぎ》るのは、北村滋・内閣情報官を措いて他にない」（「週刊新潮」二〇一七年五月二五日号）。

山口氏による『総理』（幻冬舎文庫）にも目を通したが、そこには政権中枢に食い込んでいくジャーナリストではなく、あたかも権力者の伝書鳩のような立ち回りが目立つ。

具体的に言えば、安倍晋三首相（当時）から「山ちゃん、ちょうどいいからさ、麻生さんが今何を考えているかちょっと聞いてきてよ」と頼まれごとをするなどしていた。逮捕状がもみ消された。なぜもみ消されたのか。事細かに理由を語るものはいない。伊藤さんは中村氏を追いかけ、出勤途中の中村氏に「お話をさせて下さい」と声をかけようとしたものの、彼はものすごい勢いで逃げた。「人生で警察を追いかけることがあるとは思わなかった」という伊藤さんの皮肉めいた吐露は、この事件の力学を象徴しているかもしれない。

あまりにも理にかなわない言動や判断が繰り返されると、人はなぜか、それを順序立てて振り返る興味を失ってしまう。長期にわたる揉め事を確認すると、これだけ揉めているということは、どっちにも非があるのだろうな、と片付けようとする。どちらが優位か不利かを遠目に眺める。

でも、そういうことではないのだ。バランスではないのだ。起こしたことから逃れようとしている加害者がいて、そうであってはならない、自分のような経験を誰にも味わってもらいたくない、という思いから、その背中を捉えにいった被害者がいる。身勝手に用意された被害者像から外れているという理由でバッシングし、個人で名乗りを上げた勇気を、本当にそんな経験をしたのなら前に出てこられるはずがない、売名行為だと罵り続ける人がいる。許されないことだ。

「レイプは魂の殺人である。それでも魂は少しずつ癒され、生き続けていれば、少しずつ自分を取り戻すことができる。人にはその力があり、それぞれに方法があるのだ。私の場合その方法は、真実を追求し、伝えることであった」

伊藤さんがこの言葉に到達するまでの辛苦を、そう簡単に想像することはできない。自分が動けば動くほど、鋭利な言葉が自分に直接刺さる。言葉の暴力をふるう人間が、これは暴力ではないと言いながら暴力をふるってくる。政権中枢が絡んでいること、大手メディアの職員であったこと、好条件が維持されたまま、加害者は男社会が築いた高い壁に守られていった。先に記したように、起こしたことについては、自身で書いているにもかかわらず、それは二人にしかわからないことで、自分は嘘をつかれている、と主張してきた。

実名で名乗り出るという伊藤さんの決断によって、ようやく日本社会のあり方が変わりつつある。起きてはならないことが方々で起きていて、でもそれを口に出せない空気があった。性被害への未熟な認識が放置されてきた。個人の問題に矮小化し、男女の問題は確かに問題なんだけど他にもっと重要な問題があるよねと、身勝手に後ろに追いやられてきた。私も男性として自覚しているが、男性優位社会は、集団の中に染まることを好み、群れで意思決定することを好み、自分の責任を薄める。そうやってもたれ合う社会が温存されてきた。圧倒的多数の中にいると、人は安堵する。自分が優位でいる社て、傷み続けてきた。

会を変革しようと試みる人は少ない。でも、その傍観によって、人が傷んでいる。そし

「事件を『乗り越える』という言葉がよく使われます。『もう忘れて、乗り越えて』と、私自身それを何度も、しかも近しい人からも言われたことがあります。でも、『乗り越えるものじゃないんだよな』と思うんです。友人も、家族も、ましてや加害者もいるこの世界で日々一緒に生きていかないといけない。だから、ジャーナリズムにおいても、『事件が起こって報道したら終わり』ということではないですよね。一緒に生きていってどうするか考えていきたい」(伊藤詩織『「MeToo」が忘れ去られても、語ることができる未来に向けて』「現代思想」二〇一八年七月号 特集・性暴力=セクハラ)

事実が示されている。でも、示されている事実に、そうではないだろうと突っかかっていく声がずっと残る。それをいちいち取り除かなければ、そこに示されている事実が隠れてしまう。砂をかければどんな事実だって汚れる。砂を取り払う作業を、事実を示した人の作業にしてはいけない。それには、メディアの責任感、ジャーナリズムの力、あるいは、私たち個人の異議申し立てが問われる。

忘れる必要はない。乗り越える必要はない。伊藤さんはそう言う。伊藤さんに向けられた誹謗中傷は、悔しいことに、すぐにアクセスできる場所に転がっている。例示したくはない。この文庫本が出れば、同じような流れに向かうのだろう。伊藤さんが動けば、

意見を表明すれば、非道な言葉をぶつける人が出てくる。そこに理由なんてないのだ。「なんか怪しいらしいじゃん」という不確かな情報に基づいて、そのうち、「なんか」や「らしいじゃん」を削って、「怪しい」で固めてしまう。

延々と繰り返される。山口氏や彼を支援する人たちの、止まらぬ言説を目にする。伊藤さん個人の問題に帰着させようとする腕力が恐ろしい。強引に矛盾点を作り出す。山口氏は伊藤さんへのメールに書いていた。「あなたが普通に食事して普通に帰ってくれたら何も起きなかった」（傍点引用者）。被害者の落ち度を探し、あなたが普通であればこんなことにならなかった、と迫っていた。

許してはいけない出来事を許してはいけない。いろいろ付着させて、物語を改変しようとする動きがある。その動きがある限り、取り除かなければいけない。取り除く作業をするべきは伊藤さんではない。私たちである。延々と誹謗が繰り返されるのならば、延々と誹謗を取り除かなければいけない。そうはいっても。どっちもどっち。こういう芽を摘み取り続ける責務が私たちにはある。

（ライター）

文春文庫

Black《ブラック》 Box《ボックス》

定価はカバーに
表示してあります

2022年 3 月10日　第 1 刷

著　者　伊《い》藤《とう》詩《し》織《おり》
発行者　花田朋子
発行所　株式会社 文藝春秋

東京都千代田区紀尾井町 3-23　〒102-8008
TEL　03・3265・1211㈹
文藝春秋ホームページ　http://www.bunshun.co.jp

落丁、乱丁本は、お手数ですが小社製作部宛お送り下さい。送料小社負担でお取替致します。

印刷製本・凸版印刷

Printed in Japan
ISBN978-4-16-791848-4